[丛书]

DICHU XUANJIAN

涤除玄鉴

◎ 孙挺进 著

中国书籍出版社
China Book Press

图书在版编目（CIP）数据

涤除玄鉴 / 孙挺进著. -- 北京：中国书籍出版社，2023.9

（黄河诗阵丛书）

ISBN 978-7-5068-9594-1

Ⅰ.①涤… Ⅱ.①孙… Ⅲ.①诗集–中国–当代 Ⅳ.①I227

中国国家版本馆 CIP 数据核字（2023）第 179956 号

涤除玄鉴

孙挺进　著

责任编辑	王志刚
责任印制	孙马飞　马　芝
封面设计	李中安
出版发行	中国书籍出版社
地　　址	北京市丰台区三路居路 97 号（邮编：100073）
电　　话	（010）52257143（总编室）　（010）52257140（发行部）
电子邮箱	eo@chinabp.com.cn
经　　销	全国新华书店
印　　刷	兰州银声印务有限公司
开　　本	787 毫米 × 1092 毫米　1/16
字　　数	2223 千字
印　　张	193.5
版　　次	2023 年 9 月第 1 版　2023 年 9 月第 1 次印刷
书　　号	ISBN 978-7-5068-9594-1
定　　价	480.00 元（全10册）

版权所有　翻印必究

总序

张平生

万古黄河，导夫昆仑之麓，通乎星宿之源；迢迢九派，落落千秋，珠怀龙啸，风流环宇。晴光淑气，倩诗家椽笔，情抒黄河，绮霞浮彩。伴着滔滔河声，闻着浓郁果香，《黄河诗阵丛书》即将付梓。

结社黄河，诗朋荟萃，以诗成阵。为贯彻落实习近平总书记关于黄河流域生态保护和高质量发展重要论述精神，深入挖掘黄河文化蕴含的时代价值，讲黄河故事，延续历史文脉，坚定文化自信，为实现中华民族伟大复兴的中国梦凝聚精神力量，用中华诗词之妙笔，奏响"黄河大合唱"的时代强音。

黄河，是中华民族的母亲河。九曲黄河，奔腾向前，以百折不挠的磅礴气势，塑造了中华民族自强不息的民族品格，是中华民族坚定文化自信的重要根基，是中华文化的重要元素。上善若水，文明与河流是密切相关的。世界上最大的文明产生地都与河流密切相关。黄河在我国流经九省区，全长5464公里，流域面积约752443平方公里。早在上古时期，炎黄二帝的传说就产生于黄河流域。在我国五千多年文明史上，黄河流域有三千多年是全国政治、经济、文化中心，它孕育了河湟文化、河洛文化、关中文化、三晋文化、齐鲁文化等，诞生了"四大发明"和《诗经》《老子》《史记》等经典著作，留下了无与伦比的文化积淀。

中华民族自古以来是诗的国度、诗的沃土，从"蒹葭苍苍，白露为霜"，到"大漠孤烟，长河落日"；从"雄关漫道"，到"六盘山上高峰"，长城迤逦，雄关巍峨，"西北有高楼"，阳关多故人。千百年间，对黄河之赞美，咏潮迭起，佳作浩繁，蔚为大观。黄河落天走东海，万里写入胸怀间。在黄河涛声孕育之中，千百年来留下无数荡气回肠的诗篇。神州诗人兴起，四海词骚蔚然。《黄河诗阵丛书》挟时代浪潮，深情讴歌黄河文化蕴含的时代价值，为黄河流域生态文明建设和高质量发展助力。吟肩结阵，鸾凤和鸣；结社耕耘，风雅颂扬；登坛贡赋，珍珠万斛。沉潜韵海，多发清越之声；寄意风韵，更赋壮遒之词。

编辑出版《黄河诗阵丛书》，以古典诗、词、曲、赋、联的形式，大视域、全流域反映黄河自然、人文特色，谱写出新时代人民治黄事业的全新篇章，影响必将遍及黄河流域，并辐射至神州大地甚至海外。万首高吟兮堪入画图，百年佳景恰逢金秋。这不仅是黄河文化建设者的骄傲，更是黄河文化在当代继承发扬光大的重要标志。

弘扬黄河精神，传承黄河文化，讲述黄河故事，反映黄河新声。以诗词讴歌中华民族治黄事业的历史新境界，谱写黄河在中华民族发展新时代的辉煌乐章，是保护、传承、弘扬黄河文化的重要举措。回望万古黄河，壮美磅礴是民族品格；平视当今世界，百折不挠是华夏写照。华夏子孙对黄河的感情，正如胎记一般地不可磨灭。

诗自芳春连暮雪，友从青藏到东营。乾坤四季，万里疆域，无不充盈诗情画意，友情祝愿。"逝者如斯夫，不舍昼夜。"万古黄河静静流淌，以《诗经》无邪之音，高唱中华文化之博大精深，阳刚正气。诗人词家之脉搏，同母亲河之脉搏一起跳动，那是绵延不断的民族颂歌。中华民族秉黄河精神，奋斗不息，意气风发。诗家当有大情怀，珍惜人生，牢记初心。抑工部之高节，抒青莲之胸臆，咏盛世之辉煌，颂人间之美好。五千里外沧桑，九转峰头岁月。歌随波涛涌，诗流日月边。吟啸一曲，黄河梦远。此时无限意，再逐雨花天。

"龙文百斛鼎，笔力可独扛"，千古江山还要文心滋养。"没有优秀历史传统，没有民族人文精神，一个国家、一个民族，不打就垮。"这就是文化的力量。无论阳春白雪，抑或下里巴人，诗人们挺直脊梁，尽管身如草芥，仍然傲立于天地间，"苔花如米小,也学牡丹开"。仰观俯察，吐曜含章，把一腔情怀付诸笔端，发言为文为诗，不仅为人民群众留下了温润心灵、启迪心智、喜闻乐见的优秀作品，还彰显了中华传统文化的魅力，极大丰富、不断拓展着传统文化艺术的内涵。更让自然风光与诗文合璧，光华霁月与诗心交融，是诗人之幸，山川之幸，更是中华文化之幸。

"雄关漫道真如铁，而今迈步从头越。"今天，中华民族正在迎来从站起来、富起来到强起来的伟大飞跃。在这样一个全新的时代，诗歌担负的历史使命不言而喻，为诗歌开辟的创作空间更加广阔。"文章合为时而著，歌诗合为事而作"。鲁迅曾说："无尽的远方，无数的人们，都与我有关。"幸逢中华民族伟大复兴的新时代，正期待着诗人们襟怀云水，兰台展卷，搜句裁章。弘扬主旋律，凝聚正能量，歌颂祖国，礼赞英雄，放歌新时代，咏颂真善美。

是为序。

序

诗 之 缘

　　说不清是何年何月，从哪本书上看到了"床前明月光，疑是地上霜。举头望明月，低头思故乡"，以及"鹅鹅鹅，曲项向天歌。白毛浮绿水，红掌拨清波"。那些脍炙人口的佳句，在我的心灵里种下了诗的种子，使我对诗产生了浓厚的兴趣。

　　说是兴趣，只不过是对诗词的字意有浅显理解而已，至于更深的意境和作诗的条条框框，却停留在一知半解中。还记得那个年代，毛主席诗词发表后，我很快就能够背诵下来，并且晚饭后，在生产队的社员大会上能够边背诵边讲解，还受到了好评和称赞。

　　对诗而言，郭沫若、贺敬之、臧克家、艾青等现代派的自由诗，我当时也很喜欢并读了一些经典。在农业学大寨公社组织的修梯田大会战中，我作为报道员写下了许多赞美社员火热劳动场面的自由诗，因而成为公社文化站的一员，之后公社又送我上了"五·七"大学。可以说从那个时代起，诗歌已在我的心中开花结果。不过，我从来没有潜下心来研究过诗词，也从来没有人指点我创作诗歌的技巧，何况父母一字不识。

由于小学一年级我没有学好拼音，一直不懂平仄仄平在格律诗词中的运用，致使我写的诗虽有意境，但缺乏严格的格律规范，算不上律诗，更谈不上填词了。

说实在的，我不懂诗也不想懂，总认为凭着灵感意境，跌宕起伏的句子就能写出心声，写下自我得意的佳句；具有现实意义的诗就是好诗，所以《鸡肋》就成了我的第一本诗集。

直到近几年有位朋友说我："你不懂格律写什么诗呀！即使写了，也是一位蹩脚的诗人。"由此，我似乎才恍然大悟，尝试用平仄写七律七绝，但是我仍不情愿以此而去填词，总认为填词不过是长短句而已，何必条条框框地去对照平仄仄平，那些条条框框不亚于带着"镣铐"跳舞。再说后人填词除了毛泽东，有谁超过宋词。我认为诗词需要另辟新境，不然就不会有时代特色。我不想当什么诗人，只是兴趣所至，有感而发而已。

我对诗有我自己的见解，二千多年来，从诗经三百首开始，经历了楚辞、汉乐府、唐诗、宋词、元曲等辉煌的时代。到了明清时代诗歌好像窒息了一样，除了模仿唐诗宋词外，没有任何新意特点。也就是说，没有了新的方式方法去表达意境，也就没有了诗歌的时代性，因而也就找不到焕然一新的感觉。

1919年的五四运动，外国的自由诗体破门而入，为中国的诗歌注入了新的活力，自由体为华夏诗坛树起了一面旗帜。新中国成立后，自由诗不仅登上了大雅之堂，而且还风靡神州大地，成为人民大众喜闻乐见、随口吟唱的诗歌表达方式。

我想说，我们面临的时代是一个诗歌多极表达方式的时代，包括其他文学作品也有丰富多样的表达方式。多彩多极的世界，就应该运用各种文学的写作方式方法，去更好地表达璀璨夺目的内容。

我从来没有小瞧过自由诗，而恰恰相反，那些脍炙人口的自由诗，使我终生难忘。如叶挺将军的自由诗："为人进出的门紧锁着，为狗爬出的洞敞开着，一个声音高叫着：——爬出来吧，给你自由！我渴望自由，但也深知——人的躯体哪能由狗洞子里爬出！我只能期待着那一天，地下的烈火冲腾，把这活棺材和我一起烧掉，我应该在烈火和热血中得到永生。"自由诗好就好在直白深刻具有哲理，如臧克家的"有的人活着，他已经死了。有的人死了，他还活着……"

我从来没有鄙夷过格律诗，而是久久地仰慕，至今仍然在模仿中爬行。突然有一天我感悟到诗歌除了格律诗、自由诗外，为什么没有另一种更新的表达方式？为什么律诗有平水韵和新韵？为什么李白看到"昔人已乘黄鹤去，此地空余黄鹤楼。黄鹤一去不复返，白云千载空悠悠。晴川历历汉阳树，芳草萋萋鹦鹉洲。日暮乡关何处是，烟波江上使人愁"，有一种"既生瑜何生亮"的感觉。于是，李白"一拳捶碎黄鹤楼，一脚踢翻鹦鹉洲。眼前有景道不得，崔颢题诗在上头"。悻悻然的李白搁笔而去，黄鹤楼也就有了搁笔亭。

崔颢的《黄鹤楼》既不符合格律要求，又有重复的句子。"昔人已乘黄鹤去，此地空余黄鹤楼。黄鹤一去不复返，白云千载空悠悠。"除了重复的词，有的句子几乎都是仄声，这是格律诗的大忌。不过，由于气韵贯通，恰如行云流水，因而也就没有了格律上的不妥。有人说："若是有了奇句，即使是平仄不对，也不要以辞害意。"古人称崔颢的《黄鹤楼》是历代诗人

写黄鹤楼最好的一首。而南宋文学评论家严羽,在其《沧浪诗话》里评价更高:"唐人七言律诗,当属崔颢的《黄鹤楼》为第一。"由此可见,诗贵自然流畅,纵然是格律诗也不过如此而已。

好像我找到了不愿带着"镣铐"跳舞、自我解脱、自掩瑕疵的理由。不!我在呼唤诗歌的全新时代。

唐诗宋词以后,几百年来,千家万户对诗歌的启蒙,都会找一本《唐诗三百首》而放弃了其他。也就是说,谁都往那个巅峰上爬,可是谁都爬不过那个璀璨的"珠穆朗玛峰"。为什么?因为诗歌需要新的表达方式。

诗歌是否迎来了一个全新的时代,新的表达方式是否已经破土而出,在春光明媚的春天里徜徉,去表达时代的最强音。我认为已具有了时代性,只是不要厚古薄今而已。

最后我还要说,诗词和新诗,无论何种表达方式,诗的意境和思想性不可缺,当然没有完美的格律,就不会有节奏的震撼力,以及润物细无声的美感。反之,仅有完美的格律,而缺乏意境和思想性,就容易失去生命的活力。

换言之,作为诗人你一定要周游列国,饱览大好河山,才能够吸取山水之灵秀,创作出动人的佳句。

诗人如果没有了意境,就很难写出好的诗,山水如果没有诗人的吟诵,就不会有灵性。所谓的名楼阁亭,大山名川,假如没有著名诗人的题词,就不会形成有影响力的景区文化。须知"山不在高,有仙则名,水不在深,有龙则灵"。

目录

诗之缘

无　题 …………………………………… 001
彷　徨 …………………………………… 001
校场阅兵 ………………………………… 002
西安事变有感 …………………………… 002
蔚华灵园记 ……………………………… 003
悼邓公 …………………………………… 003
感怀溥仪退位 …………………………… 004
缅怀周总理 ……………………………… 004
延安颂 …………………………………… 005
悼民族英雄张自忠 ……………………… 005
人民的节日 ……………………………… 006
悼念周总理 ……………………………… 007
陈云故居 ………………………………… 008
台湾同胞 ………………………………… 008
石头颂歌 ………………………………… 010

好儿郎	010
叹学年	011
枫叶烽火	012
乡村忧丝	013
乡愁秋爽	013
乡愁悠悠	014
村头眺望	015
乡村思绪	015
乡　情	016
家乡素描	017
大雾遐想	017
胡　杨	018
鸿林印象	018
雪　松	019
醉夕阳	019
迷茫的天空	020
当过兵	021
我是大兵	022
孙中山诞辰	023
我为你送行	024
圆缺缘	025
狂饮豪情	026
月　缘	026

五女山	027
人间仙境	028
中缅边界	029
感慨剑波诗	029
西双版纳	030
白衣使者	030
黄埔军校	031
说　道	031
炭子冲	032
吟　雪	032
附张国良诗	033
淮安眺望	033
寻找自我	034
眺望图们江口	035
无　题	036
空　白	036
蒸汽机	037
边关抒怀	038
悼学义	038
界桥遐想	039
鸭绿江思绪	039
园林戏雪	040
题爱民摄影大奖	040

男　儿	041
枫叶傲雪	042
眷　恋	043
同林鸟	044
战友鞠杰	044
品维福诗画	045
狂人狂想	046
古塔诗林	047
雪中情	047
相思豆	048
铁道遐想	048
红豆映雪	049
冰城雕心	049
南疆铭刻	050
纵横驰骋	051
三角梅	052
雾　霾	052
两　全	053
黄河断想	054
灞陵桥	054
丞相府记忆	054
诸葛庐断想	055
花洲书院联想	056

荆州感怀	057
致远平夫妇	058
桂林山水	058
广州怀古	059
深圳随想	059
国父故里随想	060
年　味	060
珠海回望	060
琼州海峡	061
海南印象	061
鸡猴立意	062
牛岭分界洲	062
胸之怀	063
石梅湾	063
神州半岛	064
儋州怀古	065
五指山	066
三亚千古情	066
天涯海角	067
南天一柱	068
元宵月	069
海之蛟	070
垂老吟	070

群相依 …………………………………… 071

说博鳌 …………………………………… 072

琼峡问桥 ………………………………… 072

北海银滩 ………………………………… 073

都峤山 …………………………………… 074

真武阁 …………………………………… 074

青秀山 …………………………………… 075

仙境奇观 ………………………………… 076

黔南行 …………………………………… 077

黄果树瀑布 ……………………………… 077

凝思乌江 ………………………………… 077

遵　义 …………………………………… 078

宝顶山 …………………………………… 078

青羊宫 …………………………………… 078

杜甫草堂 ………………………………… 079

都江堰 …………………………………… 080

乐山大佛 ………………………………… 080

峨嵋山 …………………………………… 081

李白故里 ………………………………… 082

剑门关 …………………………………… 084

拜将台 …………………………………… 085

汉中随想 ………………………………… 085

潼　关 …………………………………… 086

函谷关	086
云台山	087
羑里城	087
汤阴岳飞庙随想	088
悼永和大哥	088
咏　春	090
人生感悟	090
人生得失随想	091
春柳情丝	091
报国忧	092
春韵悟道	092
夕阳畅想	093
壮老吟	094
雨雪寄语	094
伤　怀	095
中国航母	095
壮士行	096
人生曲调	097
将士情	097
山村春曲	098
天边那朵云	099
"一带一路"高峰合作论坛	100
因为爱离开你	101

蛟龙号	102
师道尊严	103
端午畅想	104
玄　鉴	104
牡丹缘	105
静夜思	106
往事如烟	106
中华可燃冰	107
灵　兮	108
傲骨盖世	108
鸟　恋	109
雾迷悟	110
故里平川	110
人之感悟	111
我的朋友	111
说　茶	112
心系洞朗	113
随　笔	113
八一颂	114
老兵魂	115
山村情	116
咏　荷	116
醉乡吟	117

临战中	118
边关魂	119
处暑感怀	120
清洗岁月	120
孟秋思绪	121
虚　荣	122
狂人曲	123
九月九日祭	124
故乡情	125
未老吟	126
秋　韵	126
人生何遗憾	127
海峡望月	128
醉　秋	128
贺十九大	129
老兵吟	130
梦之圆	131
秋菊吟	132
致敬！岐山书记	133
重阳慰老	134
深秋思绪	135
李林摄意境	135
天下第一园	136

感叹曲 ······	137
爱民摄影《祭湖》获奖 ······	138
摄影摄人生 ······	139
赞斌生大哥板胡独奏 ······	139
断　想 ······	140
谁言卿老朽 ······	140
纤　夫 ······	141
乾陵无字碑 ······	141
雪花颂 ······	142
故乡湾沟 ······	143
边陲寄语 ······	144
雪白雪红 ······	145
花甲悟道 ······	145
界江横流 ······	146
朋友圈放歌 ······	146
戍边情 ······	148
孤翁吟 ······	148
中华公祭 ······	149
壮心不已 ······	150
品味包容 ······	151
候　鸟 ······	152
璀璨的忧伤 ······	152
冬　至 ······	154

中华尊严	155
千　山	156
本溪水洞	156
玉佛苑	157
缘　分	157
元旦启迪	160
旭日灵光	161
冬塑长白山	161
追忆周总理	161
人与蜘蛛联想	162
梅雪恋	162
大善无垠爱无疆	163
临江仙·中华涌大潮	164
故乡冬韵	165
人未老	165
谁笑得最好	166
百年大计	168
仰天啸	168
爱悠长	168
红月亮	169
人之叹	170
新春寄语	172
狗年说狗	172

莫道时光空流去 …………………… 173

育儿难 ………………………………… 174

老相望 ………………………………… 175

叹长啸 ………………………………… 176

春城邀友 ……………………………… 177

湖畔生态 ……………………………… 178

秦岭颂 ………………………………… 178

劈地天开 ……………………………… 179

笑永驻 ………………………………… 180

唱悲欢 ………………………………… 181

冰凌花 ………………………………… 182

致敬武警边防部队 …………………… 183

忆边防 常回首 ……………………… 183

春风边防 我的心扉 ………………… 185

暗　伤 ………………………………… 186

喜欢孤独 ……………………………… 187

题鸿林摄白鹭 ………………………… 188

人生真谛 ……………………………… 188

心灵呼唤 ……………………………… 189

贺晚晴诗社 …………………………… 190

雪卧郁金香 …………………………… 190

山翁吟 ………………………………… 191

鹤林书法 ……………………………… 191

端午联想	192
净佛门	193
悲草吟	194
写给丁慧女孩	195
高温遐想	196
题侯杰油画	197
骏马吟	198
情人节感悟	198
心之吟	199
中元节	200
回故乡	200
五大连池	201
伊春印象	202
拜访老首长话别	203
长春八一飞行表演	203
甘旗卡大青沟	204
悼杨子	204
沈阳会老领导寄语	205
月圆缺	205
秃岭吟	206
干饭盆	207
疑问白鸡腰子	208
再赞胡杨	209

税与法	210
轮椅书记	211
西域随感	212
失　落	213
闪　烁	214
无　题	215
鹰	215
兔	215
玫　瑰	216
冲　浪	217
华为必胜	218
任正非	219
一种智慧叫空白	222
边防——心中的丰碑	223
我为祖国抖战袍	224
季节反常	225
情　感	226
小年吟	226
心　韵	227
说　年	227
老癫狂	228
人格评说	229
懒散的雪	230

悼日强	231
妇女节	231
春　曲	232
桑榆重晚晴	232
暖气泣哭	233
英魂忠骨	234
春　望	235
巴黎圣母院泣焚烧	236
圣母院与圆明园	237
45年同学会	238
春烂漫	238
海军七十华诞	239
人老莫癫狂	240
五一颂	241
五四百年	241
国胜同学	241
作群女儿婚庆	242
寄语母亲	242
人情锤炼	243
七十年国庆	244
孟夏吟	244
寄语儿童节	245
端午端想	246

村情吟	247
人物素描	247
香港，香港	248
八一断想	249
盛夏吟	249
君与汝	250
慰灵吟	250
云天赋	251
怀念毛主席	252
仲秋吟	254
九一八	254
秋之望	254
七十华诞	255
九九重阳	256
《医路如歌》赞	257
夫妻同林鸟	257
婚礼有邀	258
悼同学玉花	259
人情之叹	259
夕阳莫言红	260
望　雪	261
时光流失	261
悼卫国战友	262

莫伤怀 …………………………………………… 263
朦胧的远方 ……………………………………… 263
问　雪 …………………………………………… 264
不要把遗憾带到终点 …………………………… 264
傲骨虚怀 ………………………………………… 265
访缅战略 ………………………………………… 265
荡疫涌春潮 ……………………………………… 266
中华射大雕 ……………………………………… 267
沉默中国 ………………………………………… 268
龙抬头 …………………………………………… 268
闲情当问百年休 ………………………………… 269
初春吟 …………………………………………… 270
春之来 …………………………………………… 270
俊健兄印象 ……………………………………… 271
卓文涉小传 ……………………………………… 271
悼寿安同学 ……………………………………… 272
清之明 …………………………………………… 273
军衡印象 ………………………………………… 273
百岁贺词 ………………………………………… 274
爱悠长 …………………………………………… 275
水鸟吟 …………………………………………… 276
挽　联 …………………………………………… 276
桃花运 …………………………………………… 277

春夏之交	278
童年追忆	279
垂柳吟	280
端午壮志	280
家的味道	281
说　梦	281
反　击	282
睡美人	282
花痴吟	282
德海弟勉之	283
溪水吟	283
立秋吟	283
故乡情	284
双节吟	284
双节联想	285
秋怀秋	285
蒋公醒悟	286
暮秋童话	287
冰雪感悟	287
立国之战	288
嫦娥五号随想	289
对鸟吟	291
冬至感怀	291

白鹳联想	291
汀岸吟	292
拜友寄语	292
元旦随想	293
追忆周总理	293
长津湖	296
汉江血	297
上甘岭	297
彭大将军	298
游子吟	299
牛年说牛	299
加勒万河谷	300
龙凤吟	301
解　读	301
念奴娇·"党诞"百年	302
春潮	303
家国情怀	304
悼成忠良政委	305
心灵之窗	306
袁隆平千古	307
童　梦	307
一号战令	308
家　园	309

八一誓志	309
七夕随想	310
垂老吟	310
边陲伤怀	311
题王越摄伊春石林	312
莫惆怅	312
秋　望	313
病榻吟	313
纪念伟人诞辰	314
题吴越冬摄长白山	314
怀念周总理	315
祥鸟绕宅	315
题吴月摄影获奖	316
死　吻	316
打油诗三首说小年	317
虎年说虎	318
惊蛰唤雷锋	318
家杏盛开	318

无　题

日月碧空照九霄，银河倾泻宇环高。
波涛涌浪淘泥渣，光辉神州万里皎。

1977 年 3 月

彷　徨

巨星划冥空，默哀泣恸醒。
凄凉少忧怨，须改多呼应。
历史三分过，岂能一笔清。
江山永不老，人民握长缨。

1980 年 9 月 5 日

校场阅兵

将军校阅队齐整,上下官兵静待命。
树叶知情枝未动,鸟飞有意遁远行。
神威仪仗呼声众,正义雄狮敌问惊。
精锐辽西咽塞地,援朝抗美定英名。

1981年5月16日

西安事变有感

抗战风云涌,学良旗帜明。
西安军政变,国共携手赢。
负荆遭人戏,愚昧诚同行。
中正霸天下,金陵大厦倾。
读罢掩卷后,仰望叹汉卿。

1981年6月6日

蔚华灵园记①

异国兄弟友谊长,抗战共同建武装。
林海苍茫袭倭寇,喧嚣闹市备钱粮。
忠诚隐蔽无遗憾,智勇游击创举强。
半岛感恩碑耸立,蔚华功绩子孙享。

1996 年 6 月

悼邓公

星陨仙逝落远方,惊愕九州色暗伤。
内练胸怀坚意志,外柔冷漠美名扬。
续航掌舵清新宇,开放改革勇奋强。
理论务实言富贵,物丰育短邓公长。

1997 年 2 月 25 日

注:①金日成在吉林抚松读小学时与张蔚华结为同窗好友,后来金日成参加了抗日联军,张蔚华则在抚松潜伏暗中支持金日成领导的游击队。1937 年 10 月,张蔚华在被捕前为了保全党组织服毒自杀。死前对在场的人说:"我能为抗日而死,为金日成和他领导的游击队而死,感到光荣。"

感怀溥仪退位①

帝王复辟死难僵,倭寇招魂立伪皇。
日落东瀛天败北,晨曦华夏誉流芳。
边陲遗梦多回味,内陆变革闪烁光。
兴灭大清年几百,新宾崛起死临江。

1997年6月

缅怀周总理

人格经纬贯千秋,伟业纵横济世穷。
汇映圣贤如日月,万民敬仰颂周公。

2015年1月8日

注:① 吉林临江大栗子镇是溥仪宣布退位的地方,伪皇闹剧结束。

延安颂

盘古女娲汉旋风,高原西北屹苍穹。
炎黄擎塔降妖孽,奔涌延河逐恶凶。
国难当头冲陷阵,民族解放震长空。
圣洁窑洞颂民众,雷动神州万里红。

2015 年 9 月 9 日

悼民族英雄张自忠

山河破碎看劲松,华夏危亡战日凶。
忍辱负重迷敌寇,志坚壮举叹豪雄。
碧空魂绕亡国恨,环宇英灵贯彩虹。
千古功名悲愤勇,万年吟唱育长龙。

2015 年 9 月 12 日

人民的节日

似乎谁在忘记，
似乎媒体无意沉寂。
然而人民，
却在默记您的生日。
一个伟大的诞辰，
一轮红日蓬勃升起。
千万年来，
是谁最具有人民性，
是谁在亿万民众心里。
又是谁在高喊，
人民万岁！
只有人民领袖，
抒发了对民众的敬意！
将您生日定为节日，
是人民的呼声，
是子孙万代永恒的承继。
毛——泽——东，
一个伟大的领袖，
人民节，万岁！

2015年12月26日

悼念周总理

南开学子优，
赴法岁月稠。
大洋万里横渡，
壮志华夏九州。
执教黄埔军校，
建军起义首领，
重庆显身手。
忠诚共和国，
外交誉全球。

巨星陨，
四十秋，
英名留。
音容笑貌，
普天怀念绕心头。
楷模雕塑胸中，
品德高尚敬仰，
灵魂九霄游。
苍生永寄托，
千载拜祭周。

2016年1月8日

陈云故居

庭院静谧忆峥嵘,雕塑岛心耸立恒。
卧虎白山南退守,龙盘战将北征程。
大军三下驱顽敌,四保雄师勇夺争。
威震满洲谋战利,长平锦沈旋雄风。

2016 年 2 月 24 日

台湾同胞

台湾,
我心上的琴弦。
台湾,
我脑海里的风帆。
你是古筝悠扬的乐曲,
你是驶向太平洋的战舰。
古老的台湾,
中华拥抱,
华夏将你挂念。
你挺立东海,
卫国戍边。
你遏制大洋,
守卫南疆门槛。
谁分裂中华,

谁就是千古罪人，
谁放弃台湾，
谁就会愧对祖先。
忆往昔，
你脱离母亲的怀抱，
曾被列强蹂躏，
曾被倭寇霸占。
苦难的岁月，
从没有切断，
华夏骨肉血脉相连。
台湾，
你是中华成员。
呼唤你，
近在咫尺。
抚摸你，
就在眼前。
为了惩治叛逆，
必须力挽狂澜。
面对洗礼，
雷鸣电闪。
泣血中的大陆，
阵痛中的台湾。
共同挺立，
走向世界蔚蓝的明天。

2016年3月9日

石头颂歌

天塌娲补彩石山,砌垒筑城战备坚。
挺立山河酬壮志,巍峨巅岭耀机玄。
天然丽质多民用,人琢雕工品味端。
傲骨隐藏笑淡定,颂歌高亢唱泥丸。

2016年10月3日

好儿郎

男儿有泪不轻弹,
伏地渊源玄九天。
男儿有怨不轻言,
打掉牙齿自吞咽。
仇恨怒火,
恩重如山,
风萧萧兮易水寒。
穷困潦倒不自弃,
风流霜寒荡去远,
失落何必愤恨悲宇寰。
明镜高悬,
荣华富贵不淫威,
仗义疏财莫利钱。
柔韧有度,

进退方圆，
人生定律不空闲。
生之涅槃，
死不因果，
何必泪眼缠绵。
卧关山晓月，
望碧空海疆，
血洒夙愿魂归乾。
抬眼万里无垠，
纵横驰骋，
刚正不阿壮志还。

2016 年 10 月 6 日

叹学年

小河湾去远，
溪水潺流缓。
毛柳垂青，
鱼虾游离，
鹅鸭漂浮闲。
丫蛋狗剩戏水，
校园难往返，
爹娘叹学年。

2016 年 10 月 9 日

枫叶烽火

枫叶,
满山遍野。
簇拥着金秋,
燃烧的烽火。
那是一片片彩云,
那是一腔腔热血。
随着巅峰山岳,
随着夕阳底色,
你融入我的心窝,
我踏入你的火热。
我爱你,
似火如荼的枫叶,
我爱你,
森林燃烧起的圣火。
赤旗招展,
引领万木霜天,
导向民众城郭。
枫叶云涌风起,
呼啸烂漫高歌。
枫叶漫天飞舞,
丰富浸润多彩的生活。

2016年10月13日

乡村忧丝

庄头站点，
独树老槐。
弱残老衰盼儿归，
留守村童思娘来。
无助轰鸭群，
开门持棍打狗仔。
屋闲人去多，
宅院空旷衰，
失学医疗堪忧怀。

2016年10月15日

乡愁秋爽

霜天枫叶彩云间，庭院农机稻谷翻。
耕地金黄收喜悦，良田囤积兆丰年。
鹅鸭牛马池跳鱼，鸡狗猪羊唤入栏。
乡路艳阳空气爽，小康均富问贫寒。

2016年10月18日

乡愁悠悠

闲来无恙，

麻将十几圈。

斜卧假寐，

电视半夜入睡欢。

陋室恋旧宅，

蛐蛐蝈蝈，

静谧悦耳叫开怀。

看天吃饭，

耕地生存，

乡愁悠悠看未来。

2016 年 10 月 22 日

村头眺望

昨日落鸿鹄,
燕惊腾空翔。
携手大雁南去,
何时志刚强。
麻雀叽喳叫,
鹤立松寿祥。
林鸟自由跳跃,
山绣落夕阳。

2016 年 10 月 25 日

乡村思绪

思绪念爹娘,坟丘草木荒。
难忘家族事,父老泪暗伤。
峰悬水转远,蜿蜒岭伏长。
萦绕游子意,泉涌饮清凉。
屯落翠原野,莲花蛙跳塘。
拂晓看红日,午后睡骄阳。
林深黄昏早,星繁净夜光。
人生叹命短,乡愁梦悠香。

2016 年 10 月 29 日

乡　情

村头山泉叮咚响，
跪饮甘甜清凉，
父老亲情滋润长。
盈溢涓细流，
稻田米芬芳。

果树瓜地守候庄，
乡音故土品尝。
西装革履归来爽。
街坊邻里间，
巷陌忆回想。

2016年10月30日

家乡素描

溪流绕转网河鲜,幽谷曲径百里旋。
卧虎东山思奋进,藏龙西顶待机缘。
抬头南麓静观月,北靠巅峰岭种田。
村落平川铁有路,炊香飘渺育悠闲。

2016年10月31日

大雾遐想

雾腾天地泪眼伤,日月奈何放暗光。
社稷沧桑遮罪恶,江山沉重盖迷茫。
掩埋污垢清空爽,驱散阴云万里阳。
世事洞明皆智慧,薄纱弥漫虑悠长。

2016年11月1日

胡 杨

沧桑虬劲卧巨龙,戈壁沙丘阅世雄。
千载柔情风唤雨,万年傲骨笑苍穹。
迎宾浩荡携石器,送客辉煌看古铜。
矗立新疆拥沃土,丝绸之路业恢宏。

2016 年 11 月 3 日

鸿林印象①

政工军旅映霞光,锦绣年华奋斗强。
云雾奇观君摄意,晨岚梦幻照情长。
低头处处求安稳,昂首声声耀武装。
足迹巅峰留胜景,影谦未展乐珍藏。

2016 年 11 月 4 日

注:①任鸿林,1958 年出生,1976 年 12 月入伍,大学文凭。某集团军炮团服役,历任放映员、放映组长、宣传干事、指导员、宣传股长、组织股长,吉林省军区白山分区组宣干事、组宣科长,八道江区武装部政委等职。2005 年转业,任白山市人民防空办公室副主任。鸿林为人稳妥低调,品质优秀,多才多艺,几十年的军旅生涯锻炼出一种务实的作风,讷于言而敏于行。早在新兵连结束因其擅长书画、摄影被选调为政治处放映员。

雪　松

松挺雪，
雪挺松，
松雪交好情相容。
寒风凛冽，
松翠干红雪从容。

2016年11月5日

醉夕阳

翘首黎明醉落阳，黄昏痛挽叹时光。
愤青无忌求思变，少要稳重老放狂。

2016年11月6日

迷茫的天空

孤傲苍穹,
无聊广寒宫。
月光垂柳。
星海荡漾空。
怜悯姮娥,
迷茫凌霄中。
人忧愁,
情感灵犀通。
思绪万千,
恩恩怨怨,
风雨兼程升彩虹。

2016年11月8日

当过兵

曾经当过兵,豪迈踏军营。
风雨征程远,边关晓月明。
骏马驰戈壁,漠北响驼铃。
铁钎凿山洞,国防御敌赢。
震灾救民众,抗洪率先行。
钢枪握冲刺,大炮轰长鸣。
巅岳勇攻守,界江驶巡艇。
舰队逐涛浪,碧空驾战鹰。
终生戍边事,戎装不老情。
满腔洒热血,忠诚义填膺。

2016年11月10日

我是大兵

我是大兵，
勇猛的象征。
坚守边关西望月，
巡航碧空锁苍穹。
喝令北国飘瑞雪，
屹立南疆守航程。
莫说太平盛世，
一腔热血写春秋，
满怀豪情报国忠。
校场汗洒泪，
血染疆土荣。
为国杀敌战英勇，
誓保中华腾飞龙。

2016 年 11 月 11 日

孙中山诞辰①

神州震荡，
平凡伟大，
华夏英豪。
聚兴中盛会，
屡挫智韬；
双十武昌，
推翻清朝。
国民有党，
复辟帝制，
二次革命卷浪涛。
雾苍茫，
恨枭雄遍地，
血洗战刀。

实践天下为公，
携共联俄农工涌潮。
育弟子高徒，
黄埔军校；
北伐和畅，
九州绸缪。

注：①纪念革命的先驱者孙中山先生诞辰150周年。

事业未定，
同志努力，
风雨潇潇壮志高。
念统一，
敬孙文逸仙，
挺立云霄。

2016年11月12日

我为你送行①

我为你送行，
早已泣不成声。
那是一道闪电，
气贯寰宇苍穹。
为了祖国强盛，
名字刻在山河大地，
热血洒向蓝天碧空。
航展留下了你的倩影，
战友还在聆听你施教，
基地凝固你施训的旋风。

注：①余旭，空军英模。在训练中碧血洒蓝天。她英姿飒爽靓丽的青春和事迹刊登后，引发了社会广泛的关注和热议。

三十岁的年华，
筑造了你永生的航程。
我不忍心叫你的名字，
生怕惊醒你梦境长冥。
我不敢回忆昨天，
昨天已成为永恒。
英灵萦绕战友的耳畔，
抚慰着父母的心胸，
那是永不消失的雨后彩虹

2016 年 11 月

圆缺缘

皎洁圆润高悬，
欢快愁思无眠。
爱恨成败莫纠结，
命里注定难缘。

行云流月孤单，
碧水倒映绪烦。
人生变幻逐风雨，
盈满亏缺悠闲。

2016 年 11 月 14 日

狂饮豪情

畅谈陈述友情高,痛饮频干不夜宵。
甘露填膺共愤恨,玉浆迷醉怒挥刀。
悠闲天地云霄外,星烁宇寰月自皎。
君若杜康邀玉帝,众仙会聚拜英豪。

2016 年 11 月 15 日

月　缘

悬挂银盘青云间,行云光溢靓容颜。
情深盈满缘由梦,意浅影孑傲宇寰。
明媚当头圆韵梦,皎洁低首照心玄。
无眠月色君品味,静谧中天仰望闲。

2016 年 11 月 16 日

五女山①

山峰雾漫望如仙，气势磅礴炫地翻。
崖壁天门梯吊挂，峭岩险峻叹奇观。
朱蒙南遁趟沸水②，句丽北归代断传。
崛起唱衰族立灭，夫余千古万证言。

2002 年 7 月

注：①辽宁桓仁五女山。②指朱蒙（邹牟王），古代东北夫余国的王子，公元前37年，因内讧逼逃到今辽宁桓仁浑江支流富尔江（沸流水）畔，建造了纥升骨城（五女山城），创建了"卒本夫余国"。公元3年，更名为高句丽王国，后来不断崛起融入华夏文明中。

人间仙境

腾雾妙掩幽深处，
如梦似幻问虚无。
峰立峭壁，
沟壑卧龙虎。
凡夫俗子拜庙堂，
道佛仙境须悟俗。
云天盘路，
老子经卷震寰宇。
清泉甜润，
嵯峨蹒跚旅途履。

2016年11月18日

中缅边界

千山万水缅中连,有界无线好自然。
泉井共享分异地,阁楼同用两国眠。
家禽乱窜丢遗蛋,随意藤伸果更甜。
寰宇冷暖皆厚爱,地球村里聚欢颜。

2002 年 12 月 20 日

感慨剑波诗[①]

意境敏捷妙景抒,思泉喷涌璧连珠。
佳联巧对心欢快,绝句沉吟悦耳舒。
潮落涛鸣藏韵美,雾云翻滚展荣途。
风情山水缘诗梦,独处高歌颂有无。

2016 年 11 月 19 日

注:①叶剑波,白山市《长白山报》报社总编。该人文心雕龙俊美,属于"大家闺秀"之人物,其诗词工整流畅,意境悠长。

西双版纳①

云南风光爽，版纳美名扬。
半空飞索道，林森栈桥长。
惊险野象谷，悬念荡意祥。
欢娱泼水节，民族靓丽装。
生态自然景，和谐叹故乡。

2002年12月23日

白衣使者

天使白衣素艳娇，责任服从护崇高。
安危处处亲身到，生死桩桩化险消。
救助父兄凭妙手，扶伤姊妹塑情操。
身心淡定康病体，枯木回春乐九霄。

2016年11月21日

注：①西双：傣语"十二"的意思，版纳：傣语意为"领地"。西双版纳为古代傣王的十二块领地。傣王在新中国成立前是世袭的，现在的末代傣王已八十多岁。

黄埔军校①

帝制根基摇，中山废前朝。
民国初建立，割据遍雄枭。
三民问主义，中华战火烧。
黄埔长洲岛，健儿呈英豪。
北伐将士勇，旌旗映云霄。
惊叹逸仙逝，统一风雨飘。

2003 年 1 月 3 日

说　道

人性畅想善恶调，莫言慧智自相嘲。
天高星落拥晨曦，低地朝阳孕物娇。
索取付出谁辩护，忠诚亡败史明霄。
圣贤锤炼修正义，政客枭雄乱大潮。

2016 年 11 月 22 日

注：①珠江长洲岛黄埔军校，始建1924年。军校大门对联："升官发财请往他处，贪生畏死勿入斯门。"横批"革命者来"。

炭子冲①

湘潭山峦诞雄豪,陋室草堂耸立傲。
转换光阴文革事,忠奸分辨莫争交。
遗像藏匿怀仁义②,悬挂门匾品质高③。
雕塑高深含伟大④,阶梯展馆树云霄⑤。

2003 年 1 月 4 日

吟 雪

飞花漫舞沸腾天,银屑轻飘裹宇寰。
仰望茫茫迷降落,低头片片境如仙。
高空昏暗云游去,大地皎洁映耀蓝。
暮色晶莹访玉帝,晨曦瑞雪兆丰年。

2016 年 11 月 23 日

注:①炭子冲,刘少奇出生地,"冲"指平坦的地块。②"文革"期间,农民罗德明将刘少奇的遗像巧妙地附在毛泽东像的后面珍藏起来。③"刘少奇同志故居"的金匾被炭子冲的老百姓传承珍藏保存下来,成为刘少奇平反后的珍贵文物。④刘少奇的铜像7.1米高,蕴含党的生日。⑤刘少奇展览馆71个台阶,象征着他的年龄及光辉的一生。

附张国良诗：①

芦花飞舞如指弹，银粟轻飘落飞檐。
书人伫立南窗下，一片柔来一片寒。
开门喜见天客至，偶得佳句有师传。
字字斟酌字字着，句句吟来句句鲜。

淮安眺望

故居儒雅写春秋，盖世圣德圆润周。
南开学业书正义，赴法勤工岁月稠。
黄埔合作执政教，南昌热血建军首。
长征意志坚如铁，合力驱倭壮志酬。
重庆忠勇伴领袖，西柏携手统九州。
建国呕心理万机，和平共处倡遵守。
文革动乱砥砺柱，丹心尽瘁分忧愁。
普天缅怀英灵在，人间尊崇孺子牛。

2003年11月5日

注：①小雪古称银粟，天降祥瑞，万事大吉！

寻找自我

赞扬是一种鼓励，
一种寄托，
一种奋进中的承诺。
美丽皎洁，
只是一种古老的传说。
温暖如春，
风雨中挺拔重塑。
不要相信虚荣，
那只是一种幻觉。
不要相信伟大，
伟大是对平凡的沉默。

注：2016年11月24日9时，吉林边防总队在吉林警察学院西点宾馆主持召开了孙挺进文学作品《说周边历史 话疆域变迁》研讨会。出席研讨会的领导有公安部文联副主席张策，国务院特别津贴专家、中国文联全国委员会委员、中国作家协会创研部副主任蒋巍，中国作家协会少数民族分会秘书长尹汉胤，吉林省作家协会副主席赵春江，吉林省公安厅政治部主任、省公安文联主席张海泉，吉林省残疾人作家协会主席李子燕，吉林省公安厅政治部副主任、省公安文联副主席马青山，公安边防文联主席余湧少将，公安边防文联常务副主席周书奎少将，中国边防警察报社总编王超杰大校，吉林省边防总队总队长盖立新大校，吉林省边防总队副政委周建中大校，吉林省边防总队政治部主任杨继锋上校。座谈会对挺进同志的作品做了中肯的评价和鼓励，挺进同志表示不辜负各级领导的关怀与期望，为国防教育尽一份绵薄之力。另外，《中国文化报》、《城市晚报》、新华社吉林站、吉林电视台等媒体代表列席了会议。

人需要自我，
更需要群体中互慰理解。
闪烁的镁光灯，
旋转的摄像机，
都在探讨心里轮廓。
好大一棵树，
我愿与小草绿茵生活。

2016年11月24日

眺望图们江口[①]

图们浪涌界分明，俄占签约史必修。
延续土牌重辨认，乌碑竖立畅通流。
聚焦江口繁荣市，枢纽三国利所求。
互勉共赢商贸地，政和经热战端休。

2004年5月

注：①按照旧的说法图们江口应竖"乌"字界碑。如果中、俄、朝三国在图们江口建立自贸区，那将会成为东北亚经济发展的一个重要平台。

无　题

飓风龙舞炫飞扬，花吐温馨烂漫芳。
近在乡邻人互助，远离故土奋争强。
田园荡漾闻啼鸟，闹市风华路有方。
一睹大江东逝水，畅然咏志细流长。

2016年11月25日

空　白

我喜欢空白，
一张白纸，
任君纵横，
随意涂彩。
我喜欢空白，
无因果，
轮回悲哀。
鸟儿飞翔，
鹰击长空，
无痕无迹多豪迈。
我喜欢空白，
无论你成功，

还是失败，
都要归零重来。
放下昔日辉煌，
重振雄风，
着眼未来展风采。
我喜欢空白，
不是虚无飘渺，
不是无力苍白。
钢铁意志，
重铸人生高台。
驰骋千里海疆，
任性万里云海。

2016年11月26日

蒸汽机

西欧崛起勇争先，瓦特发明跨百年。
震撼山川穿岭岳，呼啸江海滚云翻。
巧思世界悬高铁，欢畅环球落地还。
功绩静观双轨道，引领产业势庞然。

2016年11月28日

边关抒怀

冰封江界涌人潮,边境岗楼挽月霄。
昂首星辰兵卧雪,低头冷酷暗伏蛟。
宁静半夜霓虹彩,喧闹昼天立战刀。
遥望朝核别动武,大国利器智多谋。

2016 年 11 月 29 日

悼学义[1]

惊诧学义命归西,疑惑健康未老奇。
呼唤友情忆与往,默言哀悼泣别离。
医德同赞君尊贵,品质共鸣众口齐。
病恨艰难谁问路,音容笑貌慰灵犀。

2016 年 11 月 30 日

注:①张学义,1958 年出生,1976 年 12 月入伍,曾任某炮团卫生队卫生员,退伍后在白山市人民医院工作。历任科长、主任等职,中共党员。张学义为人淳朴厚道,从不与人争高低,乐于助人,无论谁找到他,他都会跑前跑后尽其所能帮助到位。人缘口碑甚好,凡是认识他的人,都会竖起拇指称他为好人。今不幸壮年早逝,甚为痛惜哀悼!学义一路走好!永别安息!

界桥遐想

铁桥横架北南威，军列轰鸣战火飞。
抗美担当国大业，援朝坚挺鼓心扉。
异乡域外连接梦，同党内争辩是非。
古往今来藩属地，火箭核武耀惊雷。

2016年12月1日

鸭绿江思绪

遥观对岸问云霄，江界碧蓝燕雀高。
波浪粼粼浮众望，急流滚滚怒咆哮。
横飞巡艇鸣警惕，拖网轻舟荡漾漂。
岭翠湖光山映色，友邦惊诧骂尘嚣。

2016年12月2日

园林戏雪

滚爬踏卧戏玩痞,拥抱圣洁潜动机。
拱月素桥天映水,亭阁棉絮地穿衣。
银装朵朵迎潇洒,旷野茫茫赏境喜。
厚重园林驼大雪,骚人墨客贺长诗。

2016 年 12 月 3 日

题爱民摄影大奖

神魔影幻放异光,静水折射树理装。
文弱如仙双对舞,武侠挺立斗疯狂。
扶摇空夜旋风彩,倒映瑶池凤呈祥。
莫悔海选赢大奖,英才欢畅摄天窗。

2016 年 12 月 4 日

男 儿

男儿壮激昂，
当涌正能量。
立志赴国难，
洒血筑辉煌。
戎装告慰父老，
分别自立奋强。
仰望苍穹旋飓风，
凝视域外边关长。
切莫温床享乐，
固守万里域疆。
美酒畅饮悲风雨，
高歌猛进斩豺狼。

2016年12月6日

枫叶傲雪

雪皑皑，
枫叶迎风摆。
呼啸枝头，
色衰挺立爱。
不畏严寒，
何惧苍白，
巅岳招展未来。
飘落虚怀，
素裹淡红映纯洁，
傲骨壮志仍然在。

2016年12月7日

眷 恋

我的眷恋，
不是春的盎然。
我的眷恋，
不是秋的赏鉴。
当风起云涌大海，
我眷恋操练过的炮舰。
当边陲月明月暗，
我眷恋守卫过的边关。
无论富有，
还是寒酸，
无论时光离去，
还是照耀在眼前。
我仍然眷恋，
曾经锤炼过的军营，
飞行翱翔过的蓝天。
不要认为和平会永恒，
不要以为战争还遥远，
明天就会硝烟弥漫。
台独便是导火索，
霸权就是战争的策源。
假如需要我戎马战场，
我会义无反顾的涅槃。

2016年12月10日

同林鸟

夫妻情感论经常,家道贵责互望强。
抚育艰辛多憧憬,拥抱天使晚年享。
精神支柱心依赖,灵气共鸣话梦乡。
人类繁衍缘自爱,惠风和畅目夕阳。

2016 年 12 月 13 日

战友鞠杰[①]

笔耕军地满荣光,沉淀甘苦意志强。
文萃精琢随个性,诗词怒放赞飞扬。
温馨田野吟佳句,都市喧哗唱故乡。
高贵平淡繁琐事,根植沃土爱悠长。

2016 年 12 月 14 日

注:①鞠杰,1976 年 2 月入伍,某炮团,历任书记、干事、指导员、教导员、组织科长等职,1997 年 8 月转业到锦州市古塔区国税局工作。在我心目中他是老兵,其文笔细腻,平凡中见真情是他创作的一大特点。他先后出版了三本诗集、一本散文。翻看他的书可以了解他的为人和其闪光点。作为战友,赋诗一首,以表殊途同归之情感。

品维福诗画[1]

诗如春梦月朦胧，戎马柔情志苟同。
意境幽远斟警句，巅峰神韵气恢宏。
擅长绝律通今古，攻略赋词唱世雄。
油画丹青潇洒美，精华博奥润天功。

2016年12月18日

注：[1]战友夏维福，吉林白山人，1956年4月出生，1976年12月入伍，中共党员，某炮团，历任班长、文书、放映组长、团俱乐部主任，沈阳军区司令部第二干休所副所长（正团），大学本科学历，曾多次立功受奖，辽宁作家协会成员、沈阳古今书画院理事、签约画家，曾先后出版《老英雄郅顺义》《郅顺义》；诗集《嘶风集》《诗境若雪》等专著，在市级以上报刊、广播电台发表通讯散文、报告文学、微型小说80多万字，国画《雷锋》《彭大将军》《天涯共此时》等作品先后获得沈阳军区、辽宁省、沈阳市书画展二等奖、优秀奖、特别奖。该人才思敏捷，诗如泉涌，文笔精湛，佳句品味悠长，回味无穷，像一杯浓烈的美酒，瞬间点燃你心中的冷漠。有人说，一字为师，终生为友，夏维福指教、修改鄙人的拙作终生难忘。夏维福不仅诗写得好，绘画也独具一格，堪称琴棋书画全才。

狂人狂想

狂人孤傲强,
独入虎穴,
空手套白狼。
一枕愁丝,
游历他乡,
勾月情满伤。
远离梦幻踏虚境,
沉默豪言踱步昂。
左彷徨,
右迷茫,
抬眼冥狂想。
冷酷铁血志,
刀锋扶残阳,
鲲鹏展翅翻海疆。
莫说崎岖路遥远,
西拜天庭,
昆仑竖悲壮。
东望黎明,
大漠走刚强。
携四海怒涛,
邀九州风浪,
脚踏五岳挺脊梁。

2016年12月20日

古塔诗林①

宇寰境界律旋高,褒贬灵犀立战刀。
佳句雕心流逆水,盈联刻意唱风骚。
诗如乐曲合辙韵,词赋精华涌浪涛。
古塔碑林争典范,群星闪烁众逍遥。

2016 年 12 月 24 日

雪中情

寒风凛冽物同眠,惊喜银装裹宇寰。
慢步园林观富贵,悠然旷野润心甜。
佳人靓丽藏远去,骚客抒怀意味酣。
雪耀晴朗君更爽,圣洁纯朴映空蓝。

2016 年 12 月 27 日

注:①"古塔诗林"诗社高手林立,佳作迭出。该社最引人注目的特点是,评鉴诗词,指出问题,不顾情面,一针见血,催人奋进。这是诗社具有较强生命力的源泉。可喜!可赞!

相思豆

枝卧洁白血映霄，相思殷切路远遥。
世俗情感君伤透，瑞雪豆红爱恋高。

2016年12月28日

铁道遐想

相约互慰比悠长，轨道成双路有方。
姊妹情深须自立，弟兄结伴必刚强。
纵横华夏听风雨，经纬神州谱乐章。
万物依存彰个性，人生有志莫孤芳。

2016年12月28日

注：战友赖峰："铁轨，平行延伸，相互依存，相敬如宾，若即若离，永远相伴。人也类似，爱人之间，朋友之间，同样需要一种距离，一种不远不近相敬如宾的'距离'，距离产生美，相当的距离是艺术，是境界，是修养。相见易得好，久后难为人。说的就是距离把握不够。爱人之间也提倡有点'距离'，有了距离便有了客气，有了互敬，有了感恩。"

红豆映雪

风寒清冷泪流伤，雪豆纤枝爱欲狂。
红卧洁晶交互映，素藏娇艳恋悠长。
情丝侠义杰英勇，忠烈刚柔毅顽强。
数九腊梅羡傲骨，天堂遣使梦芬芳。

2016 年 12 月 29 日

冰城雕心

北国情感梦仙城，冰雪晶莹筑玉宫。
靓丽洁白光剔透，多姿娇美意恢宏。
广寒幽静寻孤女，大殿明清送子聪。
盛会精华摄力作，佛刀工匠刻苍穹。

2016 年 12 月 30 日

南疆铭刻①

梦里几回想,

情义断南疆。

者阴山固如铁,

老山壮军魂,

法卡山峰军旗扬。

猫儿洞,

丛林掩体,

战壕蜿蜒长。

思绪爱恨,

月光织柔阵地,

情丝悄然恋故乡。

炮声隆隆,

枪响激昂。

美酒豪放杀英勇,

碧血洒疆土,

生命筑辉煌。

注：①应战友之约，赋诗一首，献给某炮团二营部参战的官兵战友。以此铭刻战争的岁月，难以忘却的战友情怀。

人生功勋青壮时，
战火涅槃为国殇。
三十余年萦绕，
岁月志刻脸庞。
主旋律代传子孙，
民族高歌唱雄壮。

2017年1月1日

纵横驰骋

戎装半百几征程，国耻家仇战纵横。
镇守边关孤望月，疆场驰骋万山重。
江河破碎心中泣，志夺岛礁血染虹。
舰队巡航威壮举，湛蓝涛涌舞苍穹。

2017年1月2日

三角梅

台前伫立盼春来，绽放粉红满树辉。
有意无心窗口恋，非朵似叶觅香归。
厅堂盆景独身秀，百卉园林傲慢谁。
休问腊梅迎瑞雪，莫谈枫火醉秋回。

2017年1月3日

雾 霾

民心可鉴不能违，肆虐阴霾怨气霉。
昏地暗天何处走，绑腮捂嘴泪横飞。
迷蒙夺道思前后，觅路难行辨认黑。
绿野澄清千万里，拒绝风霸再吹威。

2017年1月5日

两　全

欲过黄河心发狂，
三步并作两步走，
推门见老娘。
鬓发银光泪流淌，
伸手摸儿郎。
心酸楚，
怨时光。
喜上眉角酒飘香。
千里边关，
万里铜墙，
忠孝牵挂两方。

2017年1月7日

黄河断想

黄河问古道,桑田葱绿霄。
古城埋千尺,开封叠翠遥。
莫说高万仞,倾泻滚浪涛。
依恋慈母泪,孕育华夏骄。

2017年1月8日

灞陵桥

关羽辞曹灞陵桥,荣华忠义断相交。
沉情刚毅留时挽,坦荡大刀挑战袍。

2017年1月8日

丞相府记忆

诸侯逐鹿乱朝纲,天下三分定许昌。
情挽汉风相府梦,魏韵腾图幻帝王。
春秋阁楼卫皇嫂,灞陵桥立仁义昂。
时运逢时扶社稷,对手竟对瑜和亮。
英雄横抹腮边泪,豪杰悲愤扬子江。
静观曹操旋风飓,拜谒敬仰亦忧伤。

2017年1月9日

诸葛庐断想[1]

卧龙岗，
祥云罩瑞光。
武侯祠，
万年拜忠良。
云雾梦中常惊愕，
旷野恬静忧国殇。
穷耕田园，
壮志洞觅藏。
古筝伴月，
战乱悲民伤。
草庐三顾鸿鹄志，
一鸣惊世传四方。
羽扇定乾坤，
鞠躬尽芬芳。
古柏苍翠旋雄风，
碑立铭刻壮激昂。

注：[1]南阳卧龙岗三顾茅庐旧址令人心旷神怡。

人为圣,
潭深千尺,
无垠宇宙穹冥想。
圣为人,
梧桐展枝,
凤凰情依拜谒长。

2017 年 1 月 10 日

花洲书院联想①

中原尚武看精英,骁勇纵马立战功。
寂寞亭阁书读奋,喧嚣闹市叹星空。
庙堂忠义忧民愤,湖海遥远伴朕躬。
铭刻千秋留伟业,花洲书院育才聪。

2017 年 1 月 11 日

注：①河南邓州的花洲书院是由北宋政治家、文学家范仲淹创建,千古名篇《岳阳楼记》写于此。千年来,书香不断,孕育出宋代文状元贾黯、明代贤相李贤、清代帝师彭始抟以及当代著名作家姚雪垠、二月河等名人俊才。

荆州感怀

大意失荆州，
英雄悔恨泪纵横，
绊马悬空难回首。
身头断两处，
惊魂三地曹孙刘。
家仇莫私报，
国恨分盟友。
里外先后切分明，
冲动伤感负对手。
既然三结义，
功未成，
业未就，
何必死同走。

2017年1月12日

致远平夫妇①

邀友举杯会聚仙,情深义厚酒正酣。
守江戍界常回首,泪涌夕阳醉问天。

2017 年 1 月 12 日

桂林山水

仙境云雾云境仙,观奇惊叹惊奇观。
峰立独耸独立峰,蓝碧漓江漓碧蓝。
水环街市街环水,山拥楼阁楼拥山。
醉迷桂林桂迷醉,圆月云流云月圆。

2017 年 1 月 13 日

注:①文远平夫妇定居老家松滋市,这里也是湖北名酒"白云边"的产地。

广州怀古

嬴正厉令拓疆悠,神话五羊聚广州。
大将任嚣先奠业,赵佗霸主弃俸候。
珠江涌浪兴风雨,巅岭白云晓古愁。
历数番禺观岁月,穗城商海涌神州。

2017 年 1 月 15 日

深圳随想

江山风雨奋激昂,挥手神州变众想。
立意渔村南粤秀,纵横陆地敢脱缰。
春风强劲吹尘土,秋月柔情鉴短长。
壮志九霄迷问路,悲怆愉悦论国殇。

2017 年 1 月 18 日

国父故里随想

香山青翠诞先圣,正义豪杰海外风。
盟会灭清折更锐,三民救拯润苍生。
潮流势猛颂辛亥,浪涌神州北进程。
尚未成功应努力,中华勇士战巅峰。

2017年1月19日

年　味

异乡年味觅春华,北北南南处处家。
越秀冬国谁更火,梅花逗雪岁迎霞。

2017年1月20日

珠海回望

澳门珠海恋同胞,两地异乡比翼娇。
楼宇辉煌邀净月,琼阁映水不眠霄。
浪拍堤岸燃灯火,涛涌岛礁闹大潮。
四面八方观夜色,乐游未必赌逍遥。

2017年1月20日

琼州海峡

残躯忐忑过琼州，未解兄忧为弟愁。
船客喧嚣逐浪涌，海鸥戏水逆波舟。
峡流百里迎民意，涛卷千层众转头。
堑险征程谁设计，粤南琼北路通幽。

2017年1月21日

海南印象

海环岛礁岛环海，路绕琼州琼绕路。
椰林昂首悬娇子，雾润芭蕉滴甘露。
候鸟结伴南北往，人随季节群迁族。
万泉河涌五指耸，浪跳红日南天柱。
清水湾弯月挽水，鹿回头处青草无。
东坡儋州流放恨，文昌英豪辈杰出。
论坛博鳌博坛论，暮色朝阳朝色暮。
天涯险峻谁问角，涛拜观音赐佑福。

2017年1月26日

鸡猴立意

雄鸡鸣唱报春归,猴驾祥云拜祖回。

筋斗腾飞八万里,登临拂晓四方晖。

时光绕转翻新意,岁月释怀奋起追。

事是辨证应史鉴,继承扬弃众睽睽。

2017 年 1 月 28 日

牛岭分界洲①

潮落浪跌荡漾回,花丛翠艳四季辉。

山南岭北明分界,残月海湾照雨归。

2017 年 1 月 29 日

注:①海南牛岭是海南岛北部和南部的一处地理分界处,北部多平原,南部多山区。在此地段的万宁地区阴雨连绵,南边则阳光明媚,与北边温差3度。

胸之怀

浩瀚纳百川，波涛卷天来。
信守无戏言，重诺宇寰开。
人生无憾事，乾坤载胸怀。

2017 年 1 月 29 日

石梅湾

翡翠涌潮浪更狂，滩头点缀熠蓝光。
龙王不舍牵手去，靓丽石梅润海疆。

2017 年 1 月 30 日

神州半岛[1]

谁说神州有半岛，
弓月拥海涛。
银滩柔浪戏佳丽，
椰林倩影俏。
叠层楼高登望远，
赶海捞夜宵。
冬季爽秋风，
过年涌大潮。
人生未老恋海角，
几度风雨塑情操。

2017年1月30日

注：①海南省万宁市兴隆镇有处海滨叫神州半岛。

儋州怀古

说海南
赴儋州。
秦皇拓疆史悠久,
莫说赵佗立南国,
汉武统一设郡守。
君若忆儋州,
天涯断海角,
悲愤东坡流放囚。
明月几时有,
翘首中原共婵娟,
网络堪同游。

2017年1月31日

五指山

一路颠簸喜与狂，云遮雾雨幻奇想。
莫说千里难谋面，峰耸五指耀瑞光。

2017 年 2 月 4 日

三亚千古情①

凤龙对舞艺叫绝，三亚奇闻万古说。
神话精彩人恋鹿，史传侠女善行多。
鉴真海难写盛世，苏轼婵娟互倚托。
高奏凯歌丝水路，恢宏壮丽概南国。

2017 年 2 月 6 日

注：①大型历史剧《三亚千古情》以立体巧妙的设计，旋转于剧场上下，展现在观众前后，惊诧于观众头顶的恢宏场面使人赞叹，尤其是具有国际水平的杂技表演更令人震撼。

天涯海角

莫心虚，
迎波涛。
礁石挺海滩，
何谓天涯断海角。
抬望眼，
浩瀚无边翻波浪，
四洋涌大潮。
既然失落天尽头，
海角处处有芳草。

2017年2月7日

南天一柱

礁耸天柱,
岁月忆苍茫。
三沙定疆土,
雄壮威武翻波浪。
迎飓风,
望海疆,
我以我血溅南海,
千年忠诚树辉煌。
斗美霸权,
灭倭豺狼,
誓将战舰畅四洋。

2017年2月8日

元宵月

皎月醉人间，
婵娟何处眠。
龙灯喧嚣，
海浪娱欢，
半空焰火艳。
仰望姮娥，
行云流水，
影子忧孤单。

2017年2月10日

海之蛟

风吹浪涌乐逍遥,驾驭大潮戏弄涛。
轻踏银沙柔碎梦,登礁矗立显英豪。
天公唤醒龙腾起,江海汇流卧水蛟。
盛世忧伤游自恨,凛然正气斩魔妖。

2017 年 2 月 14 日

垂老吟

迎春不晓世炎凉,暮色垂青映彩光。
点破人生识贵友,道白怨恨鉴忠良。
包容怀古心平畅,坦荡无私两处芳。
叹老逞强伤自我,深居简往赐安康。

2017 年 2 月 15 日

群相依

朋友圈,
群相依,
岁月存知己。
两情思念,
天籁童心回顾,
战友军旅重忆。
咫尺默无语,
远离情诉昔。
群聊万千,
彻夜谈故里。
你!我!他!
纵横交流莫空隙。

2017年2月16日

说博鳌

天堂奇妙看博鳌，首脑英杰会聚豪。
海浪揉情心起落，岸边灯火灿云霄。
波光荡漾迎宾客，泉涌叮咚汇碧涛。
环宇论坛途旅畅，金滩玉带显风骚。

2017年2月18日

琼峡问桥①

感叹琼州海浪涛，车船运转北南遥。
国民众诉齐求愿，堑险畅通竖立交。

2017年2月19日

注：①据网络传说琼州海峡建造一座铁路公路立体大桥需要1400亿元，历时八年建成。建成后的大桥，将节省船载车转运时间三个小时。有人说这是多年的假消息，无论真假，为什么不早建这座利国便民的大桥呢？

北海银滩

天下第一滩,
叠浪岸涌涛。
细沙银光闪烁,
情哥靓妹君有邀。
人鼎沸,
心欢笑。
堤廊千里,
万众拥大潮。
看红日沉醉,
问霞光彩云飘。
游侠孤旅,
海天一色众欢宵。

2017 年 2 月 20 日

都峤山①

佛涯震撼入云霄，峰耸奇观问鸟巢。
北有悬空惊古寺，南闻险峻落都峤。
石窟峭壁天工美，洞穴金尊五百肖。
地质丹霞辉照映，中华瑰宝聚琼瑶。

2017 年 2 月 22 日

真武阁②

不晓江南几座楼，滕王黄鹤冠千秋。
岳阳垂古经风雨，真武名阁景色悠。

2017 年 2 月 23 日

注：①该山位于广西容县城郊。②该阁位于广西容县古城附近。唐乾元二年（759）始建经略台，用以操练兵士。明朝万历元年（1573）建真武阁。四百多年来，屡经风雨战乱，该阁安然无恙。并与岳阳楼、黄鹤楼、滕王阁合称为江南四大名楼，也是四大名楼中唯一没有进行重建而完整保留至今的古楼。

青秀山①

一山峻秀坐江边，鸟瞰城楼夜色眠。
点缀翠园亭俏立，孤独塔耸百层旋。
桃花艳丽祥和处，铁树沧桑未老天。
环路纵横人遁野，逃离闹市避艰难。

2017年2月24日

注：①该山位于南宁市城东，游此山使人叹为观止的是那棵生于唐代初期，距今已有1360余年的铁树，不仅是此山之王，也是镇山之宝。

仙境奇观

桂北黔南景奇观,
山峻山险互比巅。
群高独立耸,
延绵起伏连。
君入仙境,
卿踏宫天。
卧佛坐佛玄心念,
菩萨观音围罗汉。
柱峰枭雄,
叠嶂伟岸,
神奇观惊叹。
置身忘返难自拔,
天边黛岚望梦幻。
看似山,
飘欲仙,
远近高低挺宇寰。
白云朵悠闲,
暮色品清淡。
莫说山水甲天下,
情景缠绵天地间。

2017年2月25日

黔南行

峰旋峰转峰旋峰，山拥山峻山拥山。
沟壑沟深沟壑沟，天堑天险天堑天。
遂道遂长遂道遂，坦途坦路坦途坦。
桥路桥涵桥路桥，黔南奇观奇南黔。

2017 年 2 月 26 日

黄果树瀑布

犹如梦里觅成仙，万座巅峰几度旋。
瀑布挂高天涌水，碧波涧底泻渊源。
垂帘丝雨遮深奥，溶洞猴孙恋空闲。
义重感恩佛拜祖，风情花果树名山。

2017 年 2 月 27 日

凝思乌江

堑险惊魂涌畅想，涛声陈述古疆场。
英雄气魄行天地，突破乌江万里长。

2017 年 2 月 27 日

遵　义

遵义名城北急行，转移战略迈雄风。
红军绝地迎阴雨，万里艰难旭日升。

2017 年 2 月 28 日

宝顶山①

大足石刻克心强，千手观音朔瑞祥。
跪拜竭诚曰夙愿，迷茫炼狱敬高香。
九龙吐水仙童戏，孔雀明王化险长。
罗汉菩萨惊贵客，佛崖宝顶普霞光。

2017 年 3 月 2 日

青羊宫②

解地说天慧世高，道德经论炫云霄。
青羊故里藏瑰丽，华夏精典万古朝。

2017 年 3 月 3 日

注：①重庆大足区的大足石刻已列入世界文化遗产名录。此处悬崖峭壁上的佛像惟妙惟肖，栩栩如生。尤其是独创的佛教理念淋漓尽致，使人叹为观止。②成都的青羊宫始建于周，兴盛于唐，历经沧桑，经多次翻修，仍然雄伟壮观，它是道教文化的重要场所。"太清仙伯敕青帝之童，化羊于蜀"，故名青羊宫。

杜甫草堂

慕名草堂拜故老，
杜甫千年众吟高。
长廊回旋，
厅堂座落，
围绕诗圣赏瑰宝。
感慨敬伟大，
崇拜同心结，
佳作吟唱回绕。
"安得广厦千万间，
大庇天下寒士俱欢颜。"
风雨潇潇，
时光转瞬间，
民居广厦众欢笑。
春风润绝句，
民意涌大潮。
中华文明万古耀。

2017年3月4日

都江堰①

岷江浩淼涌天来，搏浪李冰战水灾。
堰北内江和众意，坝南江外润田栽。
千年灌溉天府富，万古疏通转浚开。
问道青城长历久，先人智慧绽胸怀。

2017 年 3 月 5 日

乐山大佛②

蜀地人善寺庙高，虔诚跪拜月扶摇。
岷江大渡波涛涌，佛屹乐山炫九霄。

2017 年 3 月 5 日

注：①都江堰是战国时期秦国人李冰设计督办的水利工程，两千多年来，该工程仍然福祉于巴蜀民众，经久不衰。②乐山大佛屹立在岷江与大渡河交汇处。

峨嵋山①

峨眉豆蔻耸峻山，
青霄万仞九百旋。
路转峰回，
沟壑幽深，
灵岩叠翠延绵。
虔诚何必乘索道，
金顶佛像天外恬。
旭日看云海，
月升思盈满。
吉星高照求善果，
大坪雾雪有人缘。
雾腾如来抚众心，
朝阳晚霞多拜禅。
恶念凡心，
霞光万丈，
净化一瞬间。
枭雄豪杰归隐，
圣贤王候敬仙。

注：①秋日清澄，望见两山对峙如蛾眉焉。即"云鬟凝翠冀黛遥妆，真如蟒首蛾眉细而长，美而艳也"，故名"峨眉山"。峨眉山金顶海拔3099米。

紫气缭绕，
凌云秀色，
逍遥避世恋人寰。

2017年3月6日

李白故里①

中亚碎叶问出生，
陇西江油说诞辰。
笑问诗仙李白？
我本是狂人，
源由紫气东来。
生性狂饮邀明月，
天子呼喊不理睬。
贵妃砚墨，
力士提靴，
挥笔吓退藩兵呼安哉。

注：①四川江油市李白故里，据当地人讲江油是李白的出生地。诧异，李白不是出生在吉尔吉斯斯坦的碎叶城吗？李白死后，其墓志记载："其先陇西成纪人……凉武昭王九世孙也。隋末多难，一房被窜于碎叶。"李白临终前，请他的族叔、当涂县令李阳冰为李白的诗集《草堂集序》作序，记述："李白字太白，陇西成纪人，凉武昭王暠九世孙。……中叶非罪，谪居条支（包括碎叶城）。……神龙之始，逃归于蜀。"

名山大川畅游，
浪迹五湖四海。
千古高吟蜀道难，
万年绝唱剑门开。
仰望天际黄河悲白发，
惊喜长江三峡轻舟凯。
自信人生无悔恨，
何必爱钱财。
"天生我才必有用，
千金散尽还复来。"
忠义看李白，
刎颈之交郭子仪，
蔑视权贵展胸怀。
自称是酒中仙，
纵情赋诗多豪迈。
李白佳句吟天下，
国之瑰宝喜珍爱，
万里河山九州大地放异彩。

2017年3月7日

剑门关

谁说剑门高千尺,
楼阁九天开。
李白吟罢绝无伦,
攻守勇士泪旁腮。
如今看剑门,
惊奇壮观忆故人,
四面八方客涌来。
倚天崖立几百里,
鹰鸟盘旋,
仰望万仞叹惊彩。
蜀道难,
索车峭壁上下互往来。
山峻有情随心赏,
玻璃栈道惊魂云霄外。
天堑奇观君未老,
人定胜险呼壮哉。

2017 年 3 月 8 日

拜将台

立台拜将敬奇才，霸主雄心社稷改。
壮志未酬裆下辱，春风得意诺虚怀。
明修栈道出关口，暗度陈仓挺未来。
痛悔韩王冤恨死，史评众议叹悲哀。

2017 年 3 月 8 日

汉中随想①

褒城褒地史悠来，褒姒褒河栈道开。
退守锋芒谁问鼎，进攻锐气帅前台。
汉族兴汉兴天下，华夏华人广俊才。
秦岭剑门难跪顺，王朝风雨忆国哀。

2017 年 3 月 9 日

注：①大汉王朝源自于汉中，汉族称谓也缘由于此，将汉王朝的属民统称为汉族是汉武帝雄才大略的体现。

潼 关

疑问潼关岳耸凹,黄河古道怒波涛。
东来西往皆如水,矗立女娲意妙高。

2017 年 3 月 10 日

函谷关①

崤山关隘拜秦朝,函谷玄机战略韬。
紫气东来涤秽水,寒风西去雾升高。
圣贤布道留经论,雄霸拦截获宝刀。
相聚佛儒存李耳,传承佳作世相交。

2017 年 3 月 11 日

注:①楚国人老子李耳去秦国讲学,经过函谷关时被迫留下名篇精典《道德经》,成为千古传承的佳话。

云台山

云中山峻山中云,山中云飘云中山。
壁峭竖立竖峭壁,潭水碧绿碧水潭。
洞叠洞彩洞叠洞,盘路盘旋盘路盘。
峡谷涧渊涧谷峡,仙境仙意仙境仙。

2017 年 3 月 12 日

羑里城①

汤阴羑里拜文王,千古传承敬仰祥。
囚禁幽居推卦理,拘留勿忘筑辉煌。
王朝天下封侯制,帝业霸权义四方。
复礼九州环五岳,经典周易震邻邦。

2017 年 3 月 13 日

注:①商纣王听从谗言,将 82 岁的姬昌(周文王)囚禁于羑里城,在囚禁的 7 年中姬昌创作了经典名著《周易》。司马迁所说的"文王拘而演周易"指的就是此事。

汤阴岳飞庙随想

卫国陷阵勇担当，入死回生百战场。
忠义刚烈杀宿敌，谋略智慧暗防枪。
朝政诡诈多奸佞，民意齐天盼栋梁。
千古奇冤鸣愤恨，万年英灵育华章。

2017年3月14日

悼永和大哥

我不相信你会断然离去，
是熟睡还是疲惫，
游离他乡，
正是春意昂然的花季。
泪水悄然外溢，
好像聚会还在继续，
仿佛那盏烈酒还没有干杯，
你我已燃烧起厚重的情意。

你始终温和可亲，

讷于言而敏于行，

坚韧深深埋藏你的心里。

你走了，

你别离，

那是天涯海角，

那是椰树挺立。

从海南到北域，

回来的路上颠簸，

怕惊醒你深沉的睡意。

按照你的梦境心愿，

沿着你的行踪足迹，

那里有你熟悉的山川，

还有你童年的记忆。

安息吧！大哥！

谁都不忍心与你分手别离。

2017年3月16日

咏　春

几日唤柔情，
何时妒春风。
冰溶雪化漂自流，
林鸟先夺声。

有意暖苍穹，
无心降寒冷。
万物舒展气昂然，
随处吐芽萌。

2017 年 3 月 21 日

人生感悟

人情太贵口难开，好友不多处未来。
重义疏财别贪腐，倡仁坦荡鉴清白。
善于锤炼迎风浪，敢逆潮头勇下台。
敬弱克强结硕果，终生无憾敞胸怀。

2017 年 3 月 29 日

人生得失随想①

玲珑公主伴父佳,爹死无奈浪迹涯。
荣耀污浊强本质,得失壮志女中侠。
总统龌龊闺中蜜,囚徒高雅仰望霞。
角色转换应稳妥,人生坎坷莫袈裟。

2017 年 4 月 6 日

春柳情丝

春风柔翠柳扶娇,垂立青丝倒挂条。
堤岸展枝迎贵客,亭廊慢舞送君遥。
湖光影视常梳理,河畔吹拂醉九霄。
淑女多姿撩俊发,叶拥窈窕吻眉梢。

2017 年 4 月 12 日

注:①朴瑾惠的母亲死后,她是父亲的执政助手及持家的主妇。父死后她是得失的女侠,贵为总统。因闺蜜干政,被迫下台辱为囚徒。朴瑾惠的人生堪称大起大落,富于戏剧性。

报国忧

灯火阑珊，愁思无眠。
梦绕忧伤，周边战端。
半岛相争，核武毁难。
东瀛军国，倭人残喘。
南海乱象，勇夺主权。
中华崛起，旭日东天。
携手正义，扭转坤乾。

2017年4月14日

春韵悟道

山河烂漫百花娇，卿爱无聊话李桃。
几日温馨风雨落，何时烦恼挂云霄。
多情未必随君意，冷漠方能射大雕。
春韵簇拥遮望眼，良心变卖恨人妖。

2017年4月15日

夕阳畅想

晚霞炫耀,
夕阳畅想,
醉梦荡漾何方。
选择大海,
仰望高尚,
崇山峻岭驰遐想。
时常回忆修正悔恨,
绝望或许孕育辉煌。
何时欢呼,
几度忧伤。
相信轮回因果,
莫问地狱天堂。
放飞灵魂,
解脱未必宗教信仰。
穿越时空,
你会看到黎明的曙光。

2017 年 4 月 16 日

壮老吟

孤雁残云暮色行,夕阳炫耀吐豪情。
凝神坚毅影孑立,卧虎藏龙慧映明。

2017 年 4 月 20 日

雨雪寄语

杏花舞雪雨中飞,桃艳李白笑影随。
诚意冷暖添俊色,虚心爱恨莫回归。
时光转换多寻味,岁月悠然少耀辉。
迷恋芳容求硕果,毕生大业战旗催。

2017 年 4 月 24 日

伤 怀

爱你远离开，
恨我还复来。
正是桃花泛红时，
人生叹虚怀。

谁说老已衰，
童心仍然在。
大地盎然勃生机，
春韵旋天外。

2017 年 4 月 25 日

中国航母

大国利器诞惊天，航母中华震宇环。
屹立民心茁壮志，潜伏众意九州圆。
波涛碧海停风雨，云涌湛蓝定浪翻。
对峙霸权豪勇气，多极世界挺平安。

2017 年 4 月 26 日

壮士行

柔情未必恋花草,
壮志坎坷乐逍遥。
人生苦短,
何谓憾!
碌碌无为悲云霄。
宿命畏鬼神,
匹夫怨恨仰天去,
壮士劫难乃英豪。
智勇行天下,
宇航探无垠,
豪杰迷茫奋争傲。
不怕死,
乐环生,
悲情孤奋,
贵民社稷唱离骚。
易水悲荆轲,
何为腐朽肋插刀。
终生夺势,
不为高山低头,
攀登险峰呼叫。
飘逸高原洒甘露,
甘为小草竞折腰。

2017年5月3日

人生曲调

茫然有道恨迷途，磨难方知壮志休。
璀璨阳光洒烂漫，狂风雨雪骤忧愁。
油盐酱醋顺民意，闪电雷鸣撼九州。
别墅豪华养富贵，茅屋矮小育王侯。

2017 年 5 月 5 日

将士情

军营凝聚血肉情，
将如父兄，
士如子童。
布阵杀敌，
如同父子兵。
关山晓月，
将军横刀立马，
士兵簇拥。
镇守边陲固如铁，
夺取岛礁血喷虹。
神州万里营，
将军屹昆仑，

士兵疆场勇,
将士并肩战顽凶。
从奴隶到将军,
枪林弹雨,
从士兵到元帅,
九死一生。
将军与士兵,
同一艘战舰同生死,
同一条战壕同荣辱。
意志坚定,
无坚不摧,
永恒凝固将士情。

2017 年 5 月 8 日

山村春曲

春柳梨花鸟落枝,偃牛耕地浪翻泥。
农夫踏垄播金籽,旷野牧羊子戏蟋。
暮色悠悠儿绕腿,炊烟袅袅唤鹅鸡。
炕头酣酒圆秋梦,夜半星稀月韵诗。

2017 年 5 月 10 日

天边那朵云

天边那朵云,
洁白无瑕,
飘荡游移。
她是天籁使者,
宇宙无垠的灵犀。
她抚慰沧桑,
抹去千年的怨恨,
万年的泪痕伤迹。
她为苍天涤污,
使星光璀璨,
碧空万里。
她为太阳遮羞,
为月光静谧。
她憎恨邪恶,
豪爽侠气。
除乌云密布,
吹阴霾散去,
为乾坤呼唤正义。
看雷电暴风骤雨,
望天空七彩虹桥绚丽。

啊！天边那朵白云，

迎晨曦挽夕阳，

燃烧映红了半边天体。

2017年5月12日

"一带一路"
高峰合作论坛

丝绸大路古今长，华夏亚欧放彩光。

骏马嘶鸣啸万里，驼铃回往唱悠扬。

海上经贸连南美，陆地辉煌逐梦想。

互惠众国兴百姓，环球盛会聚豪强。

2017年5月14日

因为爱离开你

因为爱离开你，
请你不要介意。
绿茵草地，
我们曾在一起。
天涯海角，
我们曾经迷离。
因为爱离开你，
幸福伴随痛苦；
虚伪不要卧底，
我们需要生机。
因为爱离开你，
谈不上累赘，
不能说拖累，
分离或许是痛苦的开始。
因为爱离开你，
别说祝愿，
何言幸福，
大道朝天各自奋起。
因为爱离开你，
虽然难以承受，
或许雾霾早已散离。

因为爱离开你，
天涯若比邻，
海内存知己。
生活是油盐酱醋，
理想是奋斗的主题。

2017年5月17日

蛟龙号

号令波涛涌浪高，四洋藏觅似龟鳖。
神州寰宇摘星月，海底蛟龙探宝淘。
闻道沉浮修战艇，笑谈下潜采燃烧。
科学险阻枢多路，华夏英豪傲九霄。

2017年5月26日

师道尊严

有多少师道，
变味失职丢掉。
有多少尊严，
被金钱缠绕。
误人子弟，
铜臭贯穿，
补课的奥妙。
教育净土，
产业喧嚣。
华夏国度，
呼唤文明古老。
祖国的花朵，
是迎着清风读书郎朗，
还是在雾霾中接受赐教。

2017 年 5 月 27 日

端午畅想

悲愤屈原泪洒霄,端阳壮志祖传豪。
龙舟钓岛扬威力,江海粽香揽屿礁。
遥祭国殇统大业,近观分裂唱离骚。
九歌擂鼓激民奋,天问神州世纪高。

2017 年 5 月 29 日

玄 鉴

假如你感动不了上帝,
你就去拆除地狱。
假如仁慈被视为懦弱,
不要执迷于不悟的路途。
呐喊正义,
气吞山河君之壮举。
讨厌虚伪,
警惕奉承心怀空虚。
怒火燃烧,
何必豪言壮语。

战胜自我，
未必是七情六欲。
关上心扉，
如同行尸走肉的乞奴。
不要问良心，
良心是自戒的旅程碑。
人字大写，
游历苍天寰宇，
呼唤心迹迷离的地域。

2017 年 6 月 17 日

牡丹缘

天香国色牡丹缘，情爱同窗暮恋欢。
靓丽年轮娇艳美，暗淡经纬忆甘甜。
时光畅想君亦老，岁月沧桑问志还。
酒醉友亲摄倩影，人生悟道梦悠闲。

2017 年 6 月 19 日

静夜思

骄阳热浪雨飞天,江水静流映月眠。
情感伤君温旧梦,抒怀卿爱品德贤。
桥横杨柳风吹爽,堤岸霓虹烁夜欢。
远望星空思断绪,世间你我起波澜。

2017 年 6 月 20 日

往事如烟

仿佛已经过去,
似乎还在延续。
往事如烟,
人生的路如此短促。
几度春秋,
匆忙不能停步。
大起大落,
需要大勇大悟。
不要回避过去,
后悔和遗憾,
或许不会迷途。

不要企盼未来，
未来憧憬，
没有踏实的脚步，
只是海市蜃楼的虚无。
无论明天，
是风雨兼程，
还是如火如荼。
面对现实，
不要狂妄，
不要躁动抵触。
如果继续低迷，
困惑于谷地，
也许你能够真谛悟出。

2017年6月22日

中华可燃冰

冰封海底屹苍穹，圣火燃烧舞巨龙。
首创开发惊世界，神州崛起耀华雄。

2017年6月23日

灵兮

灵魂迷醉万千回,星烁霓虹夜未归。
亢奋伤情玩自我,消极堕落恨卿随。
旦夕福祸明玄鉴,风雨苦甘育子规。
贫富均衡天有意,人间邪恶问钟馗。

2017年6月27日

傲骨盖世

伫立昂头,
把酒临风,
亮剑仗义行。
横眉憎邪恶,
俯首孺子情。
攀登昆仑壮志酬,
莫隐五岳妄虚名。
望北斗,
满月弓,
射天狼彗星。

侠胆斗虎豹，
迎风浪，
御敌海疆国境。
多元扭乾坤，
寰宇屹公平。
傲骨盖世，
功勋千秋万古铭。

    2017年7月1日

鸟　恋

情爱圣洁鸟落巢，碧空展翅拜云霄。
自然天赐无瑕美，靓丽翼比蔑世器。

    2017年7月2日

雾迷悟

心遮灵雾漫天宇,透视迷津品味无。
倩影薄纱隐贵体,娇娜浮沉恋凄楚。
苍茫大地漂浮动,云罩环球问木鱼。
上帝圣洁涤境界,江山伟岸唤猛虎。

2017 年 7 月 3 日

故里平川

青龙西卧舞云霄,奋起东山雾涌涛。
河水绕庄迎日去,溪流清澈洗尘嚣。
麓南平缓凌空望,北岭巅峰靠倚牢。
村落田园回故里,林森百鸟岳啼宵。

2017 年 7 月 7 日

人之感悟

死生信命莫悲哀，福祸富穷转换来。
羞我辱你朋诈友，汝无君有妒贤才。
幸运患难尊德道，败北亡国众化灾。
事业凄惨绝问路，心中萤火探虚怀。

2017 年 7 月 12 日

我的朋友

我期待时间静止，
事业挽留我的朋友。
我期待上帝放手，
朋友还在天地间奔走。
人总是在匆忙中得到，
又在遗憾中回头。
我的朋友，
请不要攀比，
自信是坚强的柱石，
尊重是自尊的盟友。

不要飘浮虚伪，
不要虚荣风头，
顶天立地是唯一的自由。
我的朋友，
披星戴月，
你从远方走来，
风尘仆仆，
你还要停留多久。
看到曙光晨曦，
光怪陆离的世界，
在夕阳黄昏中拥有。

2017 年 7 月 17 日

说　茶

古筝风韵大红袍，龙井毛尖品味高。
普洱骏眉名万里，中华茶道润情操。

2017 年 7 月 19 日

心系洞朗

心系洞朗夜梦醒，硝烟烽火紧随行。
战鹰俯视空权制，铁甲洪流灭印兵。
冲刺威慑国首脑，①咽喉卡死论输赢。②
将能士勇洒鲜血，狮跃龙腾日美惊。

2017 年 7 月 22 日

随 笔

碧蓝隆苍穹，大地育华雄。
荷花绽圣洁，人格练达虹。
唾弃残渣孽，风骨壮怀中。
鲲鹏云展翅，珠峰登临琼。
贫富莫叹老，夕阳耀天公。

2017 年 7 月 8 日

注：① 指西部的阿克赛钦地区，我军发动自卫反击战。② 指中部的西里古里走廊。

八一颂

大漠利器壮志昂,
领袖将士震宇疆。
忆往南昌,
秋收井冈,
人民军队第一枪。
万里长城你播下火种,
抗日战场你挺起脊梁。
三大战役你风卷残云,
抗美援朝你震惊列强。
莫说边境恶邻嚣张,
自卫反击国威扬。
九十年战旗伴风雨,
峥嵘岁月筑常胜辉煌。
看如今,
子弟兵英姿飒爽,
铁甲洪流,
战舰涌浪,
万里长空巡宇航。
火箭射苍穹,
南沙固海疆。

东海守钓岛，

惩治台独统大业，

一带一路游弋大洋。

敢与霸权对垒，

何惧鬼魅疯狂。

多极世界，

中华将士勇担当。

2017 年 8 月 1 日

老兵魂

江山矗立碧空怡，忧患中华举战旗。

魂绕边关君问月，梦回礁岛志难离。

猛威疆界惩顽寇，霹雳宇寰撼正义。

身赴大洋守四海，兵强国泰挺多极。

2017 年 8 月 5 日

山村情

巅岭翠绿玉米香,茄子辣椒豆角长。
老汉喜望丰稻谷,婆娘笑看外孙郎。
瓜架李下情丝语,苹果仙桃品故乡。
盛夏酷暑溪水绕,立秋山里气清凉。

2017 年 8 月 8 日

咏　荷

池静翠满映朝晖,梵界浮萍盛夏回。
佛立无缘耸大地,仙隐有意卧塘岿。
莲花菩萨圣洁美,荷叶禅师坐化归。
赏悦蓓蕾吟律令,淤藕碧水众赞辉。

2017 年 8 月 12 日

醉乡吟

三伏秋意眠,
午后斜阳烦。
夜里气爽星隐去,
晨曦群峰绕岚。
壮奇观,
思绪如幻。
似仙非神丰硕果,
老知趣,
乡村醉酣。

2017 年 8 月 13 日

临战中

战车又冲锋,
瞭望高原珠峰。
洞朗烽火欲燃起,
誓将大炮驱顽凶。
枪林弹雨,
为国忠勇。
寸土必归,
雪白血红。

2017 年 8 月 15 日

边关魂

挺边关,
铁甲列阵前。
碧空残月怒火,
担国忧,
立尊严。

北风雪寒,
将士卧高原。
虎视敌营攻略,
如闪电,
驱凶顽。

2017年8月21日

处暑感怀

碧空气爽踏秋来，正午斜阳酷暑衰。
河水伤感飘落叶，溪流奔放冷袭怀。
田园翠绿邀丰产，果硕山坡几日摘。
天朗淡云诗韵月，山村老汉喜眉开。

2017 年 8 月 24 日

清洗岁月

岁月碾碎了苍白，
有多少过错难以掩埋。
不要认为时光不会再来，
感恩与补过同样豪迈。
清洗岁月，
翻新时光，
拓宽狭隘的胸怀。
悔过历史，
内疚与惭愧应该惩戒。
人需要关爱，
更需要释放诚实坦率。

什么是悔恨，
什么叫再来？
忏悔与更新，
跌宕起伏的情怀。
锻造风骨，
面对苍穹宇宙，
投入色彩斑斓的世界。

    2017 年 8 月 25 日

孟秋思绪

早晚清凉入孟秋，
虫草知趣羞昂头。
树木悲风迎白露，
大雁天鹅挽谁留。
君晓月，
醉酒楼，
莫言边关曾戍守。
血染战场威壮志，
枫林似火罢忧愁。

    2017 年 8 月 30 日

虚 荣

虚荣是挽救沉沦的草,
是惨淡人生的沫泡。
或许虚荣促使你奋进,
那只不过是浮云飘渺。
也许那是暗淡的光环,
满足你心虚的炫耀。
人不能自我幻觉,
更不能凭感受跳跃。
理想事业,
需要毅力锻造。
不要自我吹捧,
龌龊已被他人窥瞧。
经历如过眼烟云,
走麦城才是奋进的号角。

2017年9月2日

狂人曲

少要稳重，
老来狂。
童心未灭，
巅峰呼骄阳。
右手揽月，
左手捉鳖，
搅九天四海洋。
重登五岳游神州，
脚踏秦陵驰兵马，
戈壁深处探胡杨。
再拜欧盟，
审视西方。
看文明凋零，
笑霸权技穷走过场。
厚德载物，
普照佛光，
地狱天堂莫慌张。
说轻狂，
必张扬。
醉卧昆仑拂云朵，
大漠酒泉航天上。

敢问玉皇,
天条律令,
飞船无垠筑辉煌。
迷茫徘徊,
锐志弃彷徨。
国泰民安问政事,
统一大业战海疆。
莫说夕阳,
晨曦仙境逐虹祥。

2017年9月6日

九月九日祭

九月悲秋泣痛吟,神州祭祀众民心。
江山呜咽思根本,社稷泪痕试问今。
领袖倚天传利器,导师立地唤温馨。
忠诚捍卫忧千古,崇拜万年宇宙欣。

2017年9月9日

故乡情

小河岸柳垂,
鹅鸭拍绿水。
庭院邀友酒豪饮,
岂料得,
斜阳秋风爽醉。
峰连绵,
林幽翠。
暮色韵诗,
牛羊归来,
山村酣睡。

2017 年 9 月 11 日

未老吟

豪情拜酒半生忧,醉卧仕途志未酬。
心绪无痕天作梗,灵魂有恨几回头。
残烛灰暗迎圣火,孤月明晰泛小舟。
立马横刀还壮志,悲伤呼唤化悲愁。

2017 年 9 月 14 日

秋　韵

远眺枫岭几度秋,
金黄喜丰收。
农家灯火阑珊处,
天酬人善寿。
山色七彩如醉酒,
无沧桑,
何忧愁。

2017 年 9 月 21 日

人生何遗憾

秋风萧瑟，
枫火寒霜。
天涯孤旅，
惊魂难眠。
伤心残叶凋零，
问志心绪怡然。
躯体无奈病缠身，
庙堂坎坷江湖险。
莫絮烦，
风骨盖世，
人生何遗憾。

2017年10月2日

海峡望月

一轮明月照千秋,说古道今话未休。
阴朔伤悲思绪短,团圆欢喜悟长忧。
莫说宝岛分离恨,切忌统独对立久。
我辈当诛族败类,碧空华夏越飞虬。

2017 年 10 月 4 日

醉 秋

仲秋迷恋醉群山,似火如金满岳川。
霜涂峻岭摇彩叶,寒侵层峦卉开园。
静观烂漫赏红色,喜看斑斓望境仙。
身陷枫狂喷热血,烽遍旷野耀青蓝。

2017 年 10 月 6 日

贺十九大

叠翠浪涛,
宇寰瞩目,
时代大潮。
望九州四海,
欣欣向荣,
蒸蒸日上,
争分夺秒。
桥架峰巅,
隧道通达,
一带一路谋略高。
惩腐败,
还清廉社会,
谁在主刀。

拥戴核心首脑,
引航崛起逐梦狂飙。
看高峰论坛,
聚焦世界,
多极挺拔,
中华光耀。

安邦治国，
誉满全球，
龙腾虎跃战霸枭。
继开来，
看英明决策，
民众欢笑。

2017 年 10 月 18 日

老兵吟

离别久未归，
梦里几时回。
老来思军营，
炫耀枪炮醉。
酒三巡，
菜无味。
拍案立起，
志在边陲。

2017 年 10 月 19 日

梦之圆

一个时代的最强音,
中华崛起强国梦,
响彻寰宇震撼神州。
一个被民众爱戴,
昵称为"大大"的领袖,
在时代的潮流中挥手。
惩治腐败割毒瘤,
校正党和国家方向,
还人民清廉壮志酬。
改革强军挺大洋,
统一大业方圆九州。
科技发展,
登天揽月,
中国制造遍环球。
欣欣向荣神州大地,
一带一路辉煌成就。
梦之圆,
心系人民大众,
甘做公仆为贫困忧愁。
黄土高原铸造了筋骨,
中华文明成就大业永久。

看全球首脑风流，
唯我中华挺拔悠悠。
不称霸，
拥多极世界，
为和平奔走。
继往开来，
为华夏复兴奋斗。

2017 年 10 月 22 日

秋菊吟

寒霜斗俏挺英华，傲骨独芳鉴女侠。
怒放深秋羞百卉，咏菊千古赞奇葩。

2017 年 10 月 24 日

致敬！岐山书记

你似乎太累需要休息，
你似乎年迈需要静谧。
然而民众，
却为你惋惜敬礼！
反腐倡廉，
老虎苍蝇一起打，
人民爱戴欢呼你。
你世事洞明，
妙语连珠震撼天地。
你才华横溢，
在艰难中挺立。
你忠诚无私，
尽显人格魅力。
你果断铁腕，
贪腐高官胆寒叹气。
颜色革命，
和平演变，
西方难以找到代理。
为党和国家的发展方向，
你向时代核心看齐。
你是生死与共的战友，
冲锋在前，
为中华复兴勇敢地举旗。

2017 月 10 月 25 日

重阳慰老①

天地九霄重,
忠孝仁爱敬贵老。
登高呼唤,
感恩莫忘初心,
云台茱萸峰高照。
立壮志,
气吞山河耄耋俏。

2017 年 10 月 28 日

注：①河南云台山有座著名的茱萸峰。

深秋思绪

悲秋何必叹忧愁,草木凋零沃土丘。
鸟栖秃枝惊落叶,雁鸣空旋唱归流。
暗藏生命蛰伏死,明斗严寒储备幽。
天地苍凉升冷月,人间冬季热琼楼。

2017 年 10 月 31 日

李林摄意境

卿摄大地点金秋,旷野牛羊敬美酒。
豪放牧歌天朗诵,苍穹立意赋闲悠。

2017 年 11 月 1 日

天下第一园

天有九重,
宫殿有几座?
康熙问玉皇,
圆明园梦托。
云雾缭绕,
万园之园合座落。
仙境人间,
似幻如仙非城郭。
瑶池浮萍莲花,
净月琼楼亭阁。
三步一回头,
十步景连锁。
宫苑独天下,
彩虹霞万朵。
远山岚升暮色,
灯火星光觅宫娥。
藏珍珠琳琅,
聚瑰宝万千,
华夏文明尽闪烁。
湖水如镜倒映魔幻,
中西楼堂珠联璧合。

惊诧王母,
耶稣疑临摹。
饮恨长叹,
文明古国弱末清,
英法恶兽劫焚火,
呜呼！十二生肖头颅断,
残垣断壁泪滂沱。

2017 年 11 月 5 日

感叹曲

辞秋飞雪梦春来,心绪烦杂遍野外。
邀友登台三部曲,携朋共勉唱兴衰。
有生残喘端文笔,无果情缘必化斋。
卿爱独身赏月色,人格凝重万千载。

2017 年 11 月 8 日

爱民摄影《祭湖》获奖

雪域高原,
意境万千。
蓝天映碧水,
白云空闲。
祭湖,
众僧托起信仰,
牧民祈祷神坛。
水草肥美,
牛羊壮观,
夙愿问人寰。

2017 年 11 月 9 日

摄影摄人生[1]

乾坤变幻定瞬间，万物影留忆往前。
摄取精华凭意境，释怀烂漫照人寰。
阅读春夏收眼底，赏尽秋冬景耀天。
刚毅正直观宇宙，家藏大作几宏展。

2017 年 11 月 12 日

赞斌生大哥板胡独奏

独奏声声悦耳涛，弘扬国粹艺崇高。
若得盛会台一曲，试看何君不折腰。

2017 年 11 月 13 日

注：[1]姜斌生的摄影作品，堪称艺术佳作。他的《大美白山——浑江夜色》和《大美白山——今日浑江》，自本人三月份美编视频发表至今，"浑江夜色"已有9万多人欣赏，"今日浑江"已达12万多人观看。

断　想

无为恨平庸，懦弱难复仇。
正直结硕果，友和未必柔。
刚毅烦圆润，机智莫过头。
明察需深刻，冷静洞世幽。
生死勇前往，空闲亦忧愁。

2017 年 11 月 15 日

谁言卿老朽

岁月恨，
难回头，
此怨幽深挥手。
春梦酷暑秋冬雪，
夙愿立志难方求。
青壮已花甲，
童心未灭豪放时，
谁言卿老朽。

2017 年 11 月 16 日

纤　夫

纤夫孺子牛，
上逆流，
逆流上，
唾弃懦弱逐波流。
脚踏鹅卵，
手攀岩壁，
虬劲憨倔登足走。
穷志艰难行，
世人压力何曾不苟同，
类似弯腰躬躯梦冠首。

2017 年 11 月 17 日

乾陵无字碑

宫女风骚两进朝，篡权登殿善文韬。
称皇杀戮威天下，弃后治国令九霄。
淫荡奢华遭唾骂，顺民理政业基牢。
默言无字碑独立，功过史评鉴定高。

2017 年 11 月 19 日

雪花颂

雪花!
洁白豪放,
凌空飘飘洒洒。
雪花!
单纯可爱,
晶莹剔透无暇。
雪花,柔软勇往……
飘向高原,
飘向峡谷,
飘向巅峰悬崖。
雪花!
无私奉献,
洒落青春无价。
雪花!
亲吻着大地,
素裹着人间童话。
太空无垠,
雪落江河溪水湖泊,
恰似勇于牺牲之豪侠。
亲吻着你,
热血沸腾,

情感与你同化。

追逐着你,

腾空飞舞,

旋律一起升华。

拥抱着你,

心无杂念,

冰清玉洁典雅。

哦!弥漫无际的大雪,

你洗涤心灵,

飘向千户万家。

      2017 年 11 月 21 日

故乡湾沟

盘旋枫岭故乡来,隧道瞬间转运开。
避暑汤河源戏水,浑江上溯畅抒怀。
矿山枯萎埋心底,林业采伐重育栽。
梦里湾沟呼密友,鬓发常叹泪旁腮。

      2017 年 11 月 24 日

边陲寄语

边关月，

仰望半圆缺。

行云中，

遮蔽你我。

自古戍守莫惆怅，

对谁说，

思君万里难别。

疆土河山秀丽，

勇士坚毅如铁。

装甲大炮对天歌，

尊严甘洒碧血。

2017 年 11 月 26 日

雪白雪红

雪中童话放异光,艳丽温馨梦里藏。
夜幕低垂升焰火,黎明时刻看辉煌。
天宫何处寻佳景,寰宇人间点缀亮。
故里北国多重彩,畅游罕见赞悠长。

2017 年 11 月 29 日

花甲悟道

佛门尘世厌环生,经伦道德隐险峰。
花甲休闲游万里,方圆美景寿徒增。

2017 年 12 月 1 日

界江横流

大国夹缝看奇葩,孤立强权绝世侠。
讹诈拥核玩翘板,壮威导弹耀悬涯。
轻狂任性横天地,积重沉冤固本家。
冷眼静观防内变,恶邻胡闹备鞍马。

2017年12月4日

朋友圈放歌

君为好汉奇葩,
我是暮年大侠。
终日思君不见君,
同视群为家。
君为好汉奇葩,
我是暮年大侠。
同窗老友相思泪,
岁月沧桑你我牵挂。
君为好汉奇葩,
我是暮年大侠。

忆往军旅情深，
寒风酷暑卧战壕，
枪林弹雨勇拼杀。
君为好汉奇葩，
我是暮年大侠。
邀杯老酒醉方休，
如今群里叹花甲。
君为好汉奇葩，
我是暮年大侠。
邀杯老酒醉方休，
近在咫尺，
远在天涯。
邀杯老酒醉方休，
近在咫尺，
远在天涯。
近在咫尺，
远在天涯。

2017年12月5日

戍边情

举杯千钧力,一饮豪迈情。
送君踏古道,征战刚毅兵。
军旅望寒月,父老多叮咛。
守关坚如铁,江山万里营。
恶邻窥华夏,正义烁苍穹。

2017年12月6日

孤翁吟

我本孤翁草木人,砍柴刨地日艰辛。
山前溪水鸣飞鸟,岭后珍禽隐密林。
彪悍豪情多酒友,精明圆润少远亲。
院中赏月斟家酿,自谓清高赌万金。

2017年12月11日

中华公祭

三十万冤魂碑耸，
八十年泪痕追忆。
南京！南京！
日寇横枪竖刀，
腥风飘血雨，
昏天暗地。
仇恨当头，
雪耻思屈辱，
公祭悍正义。
滚滚长江呼和平，
巍巍钟山鸣寰宇。
五千年文明，
中华崛起挺立。

2017年12月13日

壮心不已

霓虹灯,
心未动,
昨夜拜书友。
躯瘫梦缘志更坚,
拂晓望北斗。
三十年边关魂,
五十岁落魄忧。
人生叹花甲,
远尘世,
笔难休。

2017年12月16日

品味包容

包容,
是一种品质,
是一种理解,
是一种涵养。
包容,
登高远望,
不俯视,
不施舍,
不标榜,
虚怀若谷,
自然流淌。
包容,
要明察秋毫,
不然姑息养奸,
纵容了贪婪私欲,
放纵了邪恶犯罪,
造成了傲慢嚣张。

2017年12月17日

侯　鸟

鸟寻栖地傲然翔，人贵灵犀变幻想。
游荡迁移康体泰，专心育子燕回乡。
北国洁晶欢冰雪，南越翠青岸海长。
两处奔忙观景秀，凌空阅尽世沧桑。

2017 年 12 月 19 日

璀璨的忧伤

我感慨远去的朴实，
那空虚的心房。
我感叹锦绣的年华，
那璀璨的忧伤。

时光刻骨铭心，
昂首挺胸，
那冷峻沧桑的脸庞。

岁月雕塑生命，
顽强英勇，
那双虬劲的臂膀手掌。

穿越变幻的时空，
挽留光阴，
那擎天挺起的脊梁。

我羡慕艰难传奇的阅历，
用幽默憨厚的自信，
勒令虚无偏激的狂想。
如果你在抱怨，
要回想你的以往。
如果你在愤青，
要铭记初心衷肠。

人生何叹短暂，
不必悔恨仓促，
几十年的奋进亮点，
就是夜空闪烁的星光。

2017 年 12 月 20 日

冬 至

瑞雪裹地，
素杰祭天。
民间夙愿祈神力，
昼夜定长短。
科幻苍穹探无垠，
灵犀中，
冬至人悠闲。

2017年12月22日

中华尊严

尊严不是祈求的请愿，
尊严岂能用金钱交换。
尊严不再是养精蓄锐，
尊严不会再沉默寡言。
无论是反华的联盟，
还是有意辱华的混蛋，
都要横眉冷对敢怒敢言。
无论是讹诈中国的恶邻，
还是对华夏领土的侵犯，
都要威武果断地出拳。
尊严就是面对世界，
敢于同强国竞争挑战。
尊严是反腐倡廉强国梦，
尊严是对岛礁行使主权。
尊严是一带一路，
尊严是中华崛起的明天。

2017年12月23日

千 山[1]

千山峻秀聚群仙，青壮勇登攀绝巅。
崖壁五佛开眼界，岩石夹缝望线天。
仙台锁定情同爱，罗汉洞藏妙探渊。
漫步云岚寻胜景，风光迷醉乐悠然。

2017 年 12 月 24 日

本溪水洞[2]

灵通名洞座辽东，峻岭崇山卧地空。
碧水泛舟明暗火，青波载雾探囚龙。
熔岩神刻观奇壁，钟乳仙雕倒挂中。
莫测长河迷忘返，情人佳丽乐藏宫。

2017 年 12 月 27 日

注：①两次登千山，分别是五佛顶和仙人台。两次登临未留片字，今忆铭记。②曾两次游水洞，未留片字，今忆补之。

玉佛苑①

辽南岫玉卧石岩，佛屹鞍山震宇寰。
寺苑诵经香火绕，厅堂跪拜意高玄。
释迦显圣还缘史，始祖如来普众贤。
灵验神州环昼夜，福祉愿望炼心丹。

2017年12月28日

缘 分

缘分是一种亲和，
大家相处，
道一声关照，
拉近了你我的距离。

缘分擦肩而过，
如有冒犯，
抱歉！
说一声对不起。

注：①玉佛苑现更名为玉佛寺。一字之差，耐人寻味。

缘分是纽带，
人际关系的基础，
友好相处的摇篮，
不要看成天经地义。

朋友是缘分，
远近适宜，
把握好度，
还要因友而异。

钱财因缘有得有失，
属于我还是属于你，
珍惜友情舍财明理。

兄弟姊妹是缘分，
良莠不齐，
珍惜亲情，
防备暗地算计。

夫妻是缘分，
儿女是生命延续，
责任与义务，
是关爱呵护的前提。

有缘天长地久，

千里相会；
无缘近在咫尺，
十万八千里。

因缘聚一起，
隔阂妒忌。
无缘不相识，
尊崇施礼。

相爱是缘，
分手也是缘，
生活美好，
各奔东西。

万事万物皆为缘，
信则有不信则无，
缘不是权贵的结晶体，
缘不是贫富的试金石。

权力富贵，
上善若水，
贫穷困苦，
坚守人格志气。

2017年12月30日

元旦启迪

时光很长,
一年四季。
时间太短,
分分秒秒,
催促着人生的悲喜。
谁能把时光留住,
英雄豪杰?
只有甜酸苦辣的回忆。
谁说时光刚刚开启,
梦境幻想,
黎明前你还在游离。
感叹岁月苍穹,
你是神灵的化身,
天地间散发着正气,
是谁把时间说成生命,
拼搏奋起,
你是挺拔的英年壮士。

2017 年 12 月 31 日

旭日灵光

晨曦瑞雪耀英华，佛祖灵光照万家。
眺望人间升旭日，素洁清爽沐朝霞。

2018年1月3日

冬塑长白山

雪域边陲塑峻峰，严寒百里鸟无踪。
苍茫旷野禅心静，素裹山川月色空。
沟壑冰封泉涌水，岭巅风卷炫虬龙。
洁眠大地藏精锐，肃穆晶莹酷爱冬。

2018年1月4日

追忆周总理

人格魅力贯千秋，环宇奇才济世周。
典范崇高耸伟业，形象绝伦屹全球。
辅佐领袖心相印，关爱贫民壮志酬。
尽瘁中华碑耸立，灵灰洒落沃神州。

2018年1月7日

人与蜘蛛联想

风吹雨打网织成,狩猎坐享硕果丰。
莫笑身边穷挚友,珍惜人脉踏征程。

2018 年 1 月 8 日

梅雪恋

雪含情,
梅欢笑,
梅雪谁高傲?
秋去冬来梅迎雪,
春来冬去雪送梅,
晶莹鲜艳依偎耀。
梅恋雪纯洁,
雪爱梅妍娇。
天公约定,
隆冬飞雪吻梅嫣,
腊月红梅舞雪飘。
妩媚素裹,
梅雪相拥抱。

2018 年 1 月 9 日

大善无垠爱无疆

善良是一炷香，
清静肃穆，
消除心中的忧伤。
善良是慈母泪，
征程别离，
人性相望天各一方。
善良是涓涓细流，
施舍恩惠，
你我那柔弱的心肠。
恶与善心中较量，
灵与肉比试锋芒。
忏悔沉默，
洗刷心灵肮脏。
农夫与蛇，
警惕背后暗枪。
慈悲圣贤普众生，
大善无垠爱无疆。

2018年1月15日

临江仙·中华涌大潮[①]

小小环球势浩荡,
乾坤扭转英豪。
东西称霸皆微妙。
格局仍然在,
战端几融消。

意识形态争强手,
世界多极呼叫。
莫说美欧恋盟友。
暴风骤雨时,
中华涌大潮。

2018年1月17日

注:①近来韩朝握手,半岛局势趋于缓和。美国在认可的同时,竟然召集上个世纪参加朝战的盟国外长,在温哥华举行会议。此举司马昭之心,路人皆知。

故乡冬韵

窗花冰刻雪村凹,鸡叫黎明梦意消。
晨映霞光诗韵志,夕阳暮色赋云飘。
新朋情笃邀家宴,老友抒怀醉饮豪。
素裹童心游故地,乡愁思绪夜欢宵。

2018年1月18日

人未老

放弃了尘世喧嚣,
远离了孽缘情海,
厌倦了圣贤说教。
人未老,
艳阳照,
辞别教堂寺庙。
饮茶四海,
杯举朋邀。
山珍海味壮体魄,
琼浆玉液醉梦宵。

悟道仰天笑,
登五岳呼日出,
满目青山云涌涛。
目夕阳叹黄昏,
星际闪烁乐逍遥。
莫言卿已老,
神州环球,
吟诗赋词游九霄。

2018 年 1 月 20 日

谁笑得最好

有人死了,
如同活着,
与日月同辉。
有人活着,
如同死了,
地狱般的煎熬。
活着平静如水,
风雨潇潇,
疾风知劲草。

死了千秋功罪，
谁人评说，
骇浪惊涛。
人生面对阳光，
也许是沟壑深渊。
人生面对不幸，
或许是绿荫大道。
人何必太多说教，
青年立业，
须争分分秒秒。
壮年团队，
雷鸣闪电，
拼的是低高。
老年情趣，
颐养天年，
稳健自然逍遥。
人生龌龊靓丽，
谁笑到最后。
谁笑得最好。

2018年1月22日

百年大计

伟业千秋万代魂,东方屹立世清纯。
江山百姓崇领袖,社稷贫民盼仲春。
理论指引延特色,思想照耀育儿孙。
续航掌舵初心梦,华夏崛起正义尊。

2018 年 1 月 26 日

仰天啸

生来独处虎啸林,青壮枭雄仗义行。
风骨抒怀含傲志,柔情果断是非明。
铮铮夙愿驰荒漠,耿耿赤心战必赢。
垂暮豪杰昂首笑,躯瘫坚韧业常擎。

2018 年 1 月 27 日

爱悠长

心碎为何伤,缘自爱悠长。
君若重回首,时光已脱缰。
谁在明镜里,青丝叹秋霜。
人生常思过,悔恨莫彷徨。

2018 年 1 月 30 日

红月亮

今晚天庭对卿说，
玉帝邀嫦娥。
广寒宫燃灯火，
碧空君晓月。
云飞雾遮望璀璨，
血红银光照你我。
不知谁之过，
今人不如古时人，
古人常醉梦依托。
舞九霄，
转星辰，
情网络。
相思无眠，
婵娟意切。
天狗戏宇寰。
吞全食，
爱恨半圆缺。

2018年2月1日

人之叹

擦肩过，
相识甚远。
万里遥，
互动缠绵。
一夜惊醒，
亲朋眷属，
似乎陌路茫然。
绝路逢生，
报以涌泉。
利欲熏心，
贪得无厌。
背后凶狠捅刀，
表面亲密无间。
暗恋痴情，
疏忽甚远。
悠闲不问政，
难免风头浪尖。
争强好胜，
囹圄终长叹。
爱之所爱，
爱憎分明，
恨之所恨，

不共戴天。
卿顶天立地，
正气昂然。
君柔韧有度，
智勇双全。
人之高，
创文明，
可揽月九天。
人之低，
醉梦死，
如寄生一般。
善良，
慈心佛念。
残酷，
灭绝人寰。
人之差异，
关键是理念。
人生意义，
明确价值观。
不要说一生风光，
不要讲终生磨难。
纵然销声匿迹，
身后自有评鉴。

2018年2月5日

新春寄语

迈不出的方步滞销，
走不完的羊肠小道。
半空起舞大鹏旋转，
何去往返摘星梦遥。
烦恼与忧愁，
寄存于九天云霄。
心涌怒涛，
责任与担当，
仍然是心中的骄傲。

2018 年 2 月 10 日

狗年说狗

狗年说狗狗精诚，富宠守贫爱永恒。
门户长啸识贵客，庭廊夜望日东升。
弯弓围猎携鹰犬，侍主保镖伴路程。
吞月吐红锣鼓朔，人间狂吠怕悲疯。

2018 年 2 月 15 日

莫道时光空流去

来时如潮去静悄,
年味鞭炮淡定霄。
人生短促叹命,
骨气傲天高。
春暖寒消情真切,
携君鸿运戊戌交。
世事洞悉,
斟酌笑骂,
进退早分晓。
行刚毅,
善逍遥,
方圆网络聊。
莫道光阴空流去,
丹心赤诚报。

2018年2月18日

育儿难

育儿难,
胎教十月,
母子互动健。
躲电脑,
防辐射,
行路艰险。
剖腹引产甚纠葛,
一代娇娃唤人间。
亲眷轮番,
月嫂难眠。
姥姥姥爷侍奉,
爷爷奶奶周旋。
幼稚园,
中小学,
千军万马奔重点。
租房陪读,
接送拼早晚。
踏征程,
大学倾家产。
毕业失业,
成婚娘牵挂,
立志爹忧远。

2018年2月27日

老相望

情愫万里两相望，
天地间，
历沧桑。
暮恋芳心，
何处话衷肠。
纵然苍穹有定律，
且偷生，
泪流伤。

应邀视频独上网，
飘银丝
脸皱黄。
辨认年轮，
君爱卿痴狂。
坦途荆棘时运转，
叹分离，
论短长。

2018年3月6日

叹长啸

忠贞奸诈相容交,
是非难分晓。
刚毅正直君挺立,
涛滚浪花豪杰涌大潮。

人生坎坷惊叹老,
时光爬眉梢。
半夜愁思品自我,
凝望长空流星划破霄。

2018 年 3 月 11 日

春城邀友

微微春风拂面吹，
残雪消融寒冬。
漫步旷野回味浓。
骄阳暖复苏，
大地孕花丛。

同窗邻桌邀聚首，
佳肴陈酿妪翁。
畅饮豪爽忆千重。
岁月品苦辣，
常笑万事空。

2018 年 3 月 15 日

湖畔生态

碧波残雪荡春悠,倒映苍穹送暖流。
飞鸟踏湖擒猎物,野鸭戏水觅食游。
天鹅鸣落头昂立,大雁莅临景挽留。
生态回归人百岁,自然和美喜无愁。

2018 年 3 月 18 日

秦岭颂[①]

峰旋路转万千盘,峡谷河流隧道穿。
洞进洞出连锁洞,山高山险炫奇山。
东西起舞延龙脉,南北阻隔两处天。
笑问古人攀峻岭,今朝时日乐民还。

2018 年 3 月 19 日

注:①秦岭是中国的龙脉,它横贯于我国中部呈东西走向,西起甘肃临潭县的白石山,东至陕西与河南交界处的熊耳山。全长约 1600 公里,南北宽约 150 公里,其中最高的太白山海拔 3771 米。该岭是黄河支流渭河与长江支流嘉陵江和汉江的分水岭,如今从西安到汉中穿越秦岭共有 51 个隧道,隧道之间除了桥梁就是高架桥,极为壮观。

劈地天开

是谁在那里表白，
而我却不够坦率。
阳光下有一种天真，
夜幕星辰谁在遮盖。
心灵经历的创伤，
那是一种胜利的豪迈。
为什么？
打开了那扇窗，
却又关上了一道门。
命运受挟于他人，
还是自我主宰。
人虽有光环照耀，
却终难逃脱雾霾。
不是你不努力，
而是自我障碍。
当乌云抑郁遮蔽天空，
当污垢泛滥侵蚀清白，
是谁在劈地天开。

2018 年 3 月 21 日

笑永驻

天已暮，
人如故，
月圆几思度。
莫为璀璨亮瞎眼，
何处遗憾叹无路。
春来润青草，
冬去君环顾。
谁说时光空垂老，
心迹清爽笑永驻。

2018 年 3 月 26 日

唱悲欢

一夜无眠，
思君悔恨情可缘。
忆往童心，
青少梦超前。

脚踏征途，
风雨几十年。
空悲切，
邀友归来，
相聚唱悲欢。

2018年4月1日

冰凌花

迎着暖绒绒的阳光，
沐浴清凉微爽的春风，
冰凌花在残雪中绽放。
我不知那是浪漫，
还是一种倔强。
当严寒摧残着你，
当枯叶承托着你，
我忽然掀起爱的波浪。
那是冬的挽别，
那是春的旋律，
那是沧桑中的金黄。
是谁欢呼小草，
是谁埋葬荒凉。
啊!冰凌花，
春之灵魂，
我心上的疯狂。
点缀田野，
涌动着春潮，
天地间倒海翻江。

2018.年4月9日

致敬武警边防部队①

戎装野战戍周边,岁月艰辛万里旋。
勇士缉毒英壮烈,官兵防御捍国权。
界碑矗立扬军志,疆域筑牢固守坚。
门耸境安情寄远,夙愿问道锁雄关。

2018 年 4 月 14 日

忆边防 常回首

岁月沧桑,
铺就辉煌路。
万里边防线,
鲜血喷洒凝筑。
界碑矗立,
国门高耸,
我们曾自豪卫戍。

注:①2018 年 3 月,在中共中央印发的《深化党和国家机构改革方案》中明确指示,武警边防部队全部退出现役归公安。春秋数十载,辉煌征程路。这是一支为维护国家主权,戍守边关的部队;是一支打私缉毒,经常与犯罪分子浴血奋战的部队;是一支维护边境社会治安,不辞辛苦,迎风雨战海浪勇于献身的部队;是一支曾参加过自卫反击战,英勇顽强的部队。

风雪中瞭望,
还记得关隘骤雨。
打私缉毒,
冷枪匕首何怵。
面对恶邻挑衅,
有理有节有度。
边陲抢险,
海岸救灾,
将士英勇触目。
不要说告别,
壮志凌空,
嵌入疆域热土。
岗楼星灿,
情缘里,
思绪恋如故。
叠峰巅峦,
潜伏中,
江河静流去。
莫挥手,
常回头。
而今转制,
比翼和云鬻。

2018年4月20日

春风边防 我的心扉

吹得我心醉。
桃花打湿我的眼泪。
远去的倩影,
仿佛已经定格,
瞬间消失隐没。
记忆清晰又坚定,
那是边关的信念,
祖国啊!万岁!
杨花飞絮,
思虑千万回。
战争还远吗?
硝烟弥漫在边陲。
我沐浴过的界河,
我守卫矗立的国门,
我巡视过的界碑。
亲爱的边境父老,
那是难以忘怀的岁月,
那是追忆告别的心扉。

2018年4月26日

暗　伤

伤感羞辱霾雾，
百思不解何故。
追忆问往事，
影疏情在无误。
迷惑!
迷惑!
应是蚍蜉撼树。

2018年5月1日

喜欢孤独

我喜欢孤独，
在月光下踱步。
我喜欢孤独，
躲进书房阅读。
乐于寂静，
沉默无声处。
山泉独樽饮酒，
空旷草原荡游，
森林氧吧避暑。
不要呐喊，
沉默中刻苦。
不要愤青，
共鸣中呼吁。
追忆逝去的悔恨，
孤独中大醒彻悟。

2018 年 5 月 5 日

题鸿林摄白鹭

叶繁花簇涌春来,万物争夺斗艳开。
布谷冲天声唤子,筑巢白鹭舞姿乖。
自然陶醉和谐美,生态平衡景壮哉。
拥抱暖阳空碧尽,横飞云渡展胸怀。

2018 年 5 月 8 日

人生真谛

是空虚,
还是充实,
君在彷徨迷离。
华年英逝,
难言悔恨回忆。
仰天长啸,
白发印证青丝。
从头越,
追踪人生真谛。

2018 年 5 月 10 日

心灵呼唤

步履蹒跚，
还是乘风破浪，
精灵在何处游荡。
浮躁虚无，
愧疚与悔悟，
风骨已去何方？
清醒吧！
我的朋友，
为什么还在惆怅。
清醒吧！
我的勇士，
为什么放弃刀枪。
失魂落魄，
胸怀宇宙之光。
电闪雷鸣，
展翅云端翱翔。

2018年5月19日

贺晚晴诗社

夕阳暮色挽情中,喜悦沉吟唱大风。
花甲谦卑舒傲骨,古稀豪放纵歌声。
勃发郁闷倾天雨,凝聚惊雷炫彩虹。
诗社潮流涛涌浪,骚人墨客赞同盟。

2018 年 5 月 30 日

雪卧郁金香

春夏相交气爽高,吐绿花簇叶繁摇。
火红无意邀寒冷,冰雪有缘葬艳娇。
仰望苍穹天作美,回眸大地蓓蕾豪。
轻言梅笑迎冬月,惊叹郁金挺立霄。

2018 年 6 月 1 日

山翁吟

晨曦林密沁幽香,寒舍沐阳满地芳。
布谷柔声鸣岭远,黄鹂伴唱翠山乡。
草丛珍宝寻参去,枯木鲜蘑采集忙。
雾罩溪流瓢舀水,妪翁孙绕俏立旁。

2018 年 6 月 9 日

鹤林书法[①]

君说书法似虬龙,我看恰如闪电中。
舞笔洒脱鹰展翅,挥毫遒劲鸟鸣空。
戎装伏案含神韵,解甲练达绘墨功。
底蕴渊博威气质,鹤啼林茂字峥嵘。

2018 年 6 月 11 日

注:①李鹤林,1955 年生,湖南郴州人。1974 年入伍,辽宁某炮团,曾任战士、班长、绘图员、副指导员、干事等职。1986 年调广州军区某分部,1990 年转业郴州广播电视台。早在部队期间,鹤林的书法就闻名全师,受到战友们的广泛喜爱。几十年来,鹤林长于汉隶和草书及美术,尤其是钟爱章草,堪称千家独秀独揽风骚。其书法大作多次在国际国内的大赛中荣获奖项,曾 3 次在湖南省书协主办的各类展赛中获得二等奖,6 次在中国书协主办的各项展览中入展。13 件作品在日本、新加坡、韩国及港、粤、台展出并被收藏,6 件作品在全国各地书法碑林刻石收藏。现为中国书法家协会会员,湖南省书协理事,郴州市书协名誉主席。

端午联想

端午踏汀浜，
凝重拾荒者，
感慨贵贱众忧伤。
路漫漫其修远兮，
上下求索均富和祥。
娱乐沉渣泛起，
派别疑虑对天问，
历史迷茫好惆怅。
三十年前勿忘民，
三十年后大变革。
呼唤国企涌大潮，
敢问崎岖路何方。
厌恶君子虚伪，
唾弃势利小人，
离骚夙愿谁领航。
雨潇潇，
屈原恨别离，
汨罗江水咏绝唱。
艾蒿香，
彩线绕，
粽抛唤忠良。
锣鼓喧天逐龙舟，
英魂忠骨挺脊梁。

2018年6月18日

净佛门

佛门侵铜臭,
香火万金钱。
亵渎如来吾主,
寺庙无誓言。
钟声呜咽木鱼,
经文何时空传,
骄奢炫殿前。
名车苹果机,
色欲暗周旋。

除邪恶,
拯古刹,
净土还。
敛财承包信仰,
惩治弘扬禅。
僧侣意志崇拜,
菩萨清白问世,
虔诚普人寰。
九州唤正义,
开光灵犀间。

2018年6月21日

悲草吟

莫悲小草衰，
漫山遍野裹大地。
千踩万踏亦风采。
莫怜小草衰，
霜侵寒袭残挺立，
茫茫岭巅燃干柴。
莫叹小草嗨！
风吹空飘走千里，
魂牵梦绕志壮哉。
君坦荡，
莫悲泣，
人生傲虚怀。
熔炉百炼粉碎骨，
长泪呐喊九霄外。
庙堂恋幽静，
悲草涌未来。
喜观宇宙追无垠，
沃土育种子万代。

2018 年 7 月 20 日

写给丁慧女孩[1]

一股清流,
在传统道德中流淌。
一种纯情,
在呵护民众中徜徉。
你是天使,
释放生命的灵光。
你是典范,
诠释人性的芳香。
有了你,
谁还质疑冷漠冰霜。
有了你,
传承着大爱的畅想。
一个普通学生,
拯救灵魂麻木的悲怆。
一位美丽女孩,
震撼国民的救死扶伤。

2018年7月23日

注：[1] 7月19日，锦州火车站一位81岁的老人突然倒地。正在候车的锦州医学院的学生丁慧得知后，迅速跑过去给老人按压心脏，做人工呼吸，并大声呼唤爷爷醒醒……经过一番抢救，老人苏醒过来。这段感人的视频在网上播发后，被全国各大媒体转发，引起亿万网友的热议赞叹。

高温遐想①

望苍穹，
骄阳烈日，
炎夏蒸笼心焦。
大江南北度三伏，
九州酷暑煎熬。
人挥汗，
气喘霄，
火焰山前芭蕉摇。
莫说街巷，
室内烦闷燥。
空调舒适，
外出桑拿娇。

热翻天，
老君丹炉，
王母肆意烧烤。
火眼金睛炼猴孙，
众神赤膊胡闹。

注：①连续35度的高温持续了十几天，这是东北少有的炎热天气。

叹自然，
任由性，
玉皇奈何犯规条。
上下滚烫，
凡界如铁烙。
承受水煮，
立秋爽朗笑。

2018 年 8 月 1 日

题侯杰油画①

自然七彩画常留，油色精工笔力酬。
山水写生涂立意，江河挥洒月光秋。
足登壮志攀峭壁，脚踏虚怀绘主流。
国粹西洋融智慧，赏君杰作赞绝牛。

2018 年 8 月 4 日

注：①侯杰，1976 年 12 月入伍，某炮团卫生队卫生员。该人精明、干练、正直、不俗套。1980 年考上大连军医学校。毕业后，曾在 216 和 208 医院担任过干事、助理员等职。1989 年 10 月，转业到长春朝阳区政府工作，现为处级退二线。侯杰年轻时有些油画基础，近一年多才重执画笔。应该说他具有较深的绘画功底，不画则已，一画惊人。

骏马吟

奋蹄疆土仰长啸,奔勇边陲旋浪涛。
梦幻金黄弥大地,畅想四射照天骄。
腾空旷野驰千里,踏破山河路万遥。
马背凝思星望月,乾坤怀古霸云霄。

2018 年 8 月 16 日

情人节感悟

敢问情为何物?
泪洒七夕,
执拗银河两岸,
爱恨鹊桥王母。
天地间,
情何处,
广寒宫痴迷不悟。
谁终成眷属,
谁长年孤独。

莫道爱虚伪，
莫言恨高贵，
情笃情浅几归途。
欢愉欢，
有缘别离去。
伤感伤，
无缘常留住。
瞬间恩爱死相守，
百年怨悔环望顾。
白发问青丝，
两性热爱柏拉图，
岂在朝朝暮暮。

2018年8月17日

心之吟

苍天慧眼看无垠，环宇蔚蓝四季规。
信仰迷茫怀壮志，宗旨难忘万年垂。
童心问路新时代，圣火回归健骨髓。
民众争鸣声震岳，九州方正耀光辉。

2018年8月21日

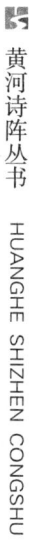

中元节

孤坟荒塚忆年华,默悼追思泪泣颊。
秋雨中元回故里,迷失岁月问谁家。

2018 年 8 月 25 日

回故乡

故乡难忘寄忧伤,浪漫溪流涧底藏。
巅岳巍峨岚绕岭,川平葱绿稻花香。
睦邻左右声声问,亲远后前句句长。
欢笑院庭朋待客,秋风悦爽话高昂。

2018 年 8 月 26 日

五大连池①

天地间景在何处，
五大连池映出。
孤山十四突兀立，
火焰曾经喷柱。
今登临，
坑环顾，
黑龙峰口俯瞰域。
墨岩石海，
疑鬼斧神工，
森林洞藏，
仙女邀迎无。

波粼粼，
白河堰塞平湖，
晶莹碧蓝云酷。
游人牵手尽情欢，

注：①五大连池。看山，孤立于平原上的十四座火山，使人遐想。看湖，地震形成的五大连池，波光潋滟。看泉，芦苇荡中温泊寒冬行舟，药泉神话传奇。

穿梭客船飞渡。
芦苇荡，
藏瀑布，
地质科考问沃土。
舟行温泊，
寒冬雾缭绕，
药泉强体，
神话伴归途。

2018年8月28日

伊春印象

伊春坐落小兴安，盆地巅峦密树繁。
商夏奢华人静谧，高楼挺立炫林间。
晨曦河畔波光醉，广场夕阳舞正酣。
城翠域宽环境美，怡然岁寿奏凯旋。

2018年8月29日

拜访老首长话别

观光悟道乐他乡,暮色煤都鹤岗祥。
忆往虚怀回望短,梦想求是路遥长。
友情辞去三十载,义重归来百岁享。
驿丞①松江千里会,相逢片刻话戎装。

2018年8月29日

长春八一飞行表演

战鹰列阵掠长空,刺破苍穹滚巨龙。
逾越冲天追梦幻,俯巡大地捍国荣。
纵横蓝碧民心愿,圆润界疆色彩虹。
强劲九州鸣宇宙,腾飞万里耀华雄。

2018年9月2日

注:①驿丞,指佳木斯。

甘旗卡大青沟

青沟草地弃黄沙，盛夏烈日避暑佳。
南北贯通飘雾雨，东西碧水泛游侠。
悠悠仙境藏溪谷，爽爽清风汇聚雅。
荒漠绿洲湖映月，登高远眺翠迎霞。

2018 年 9 月 18 日

悼杨子[①]

惊闻杨子弃华章，悲痛冷秋遍地凉。
邀友建群国耀粹，人才率众放异光。
辞别驾鹤君行早，告慰灵魂莫伴航。
永叹未曾诗汇锦，赋词书画问谁强。

2018 年 9 月 18 日

注：①今晨获悉群主杨子逝世，甚为惊诧。几年来，杨子聚集了全国各地书画诗歌爱好者 500 余人，建立了杨子书法诗歌文化传媒群，以此传播中华文化。我虽未与他谋过面通过话，但我很赞成他的做法与成果。

沈阳会老领导寄语

锦营戍守定圆方,难忘君恩话彩装。
义重古稀常恋旧,情深花甲爱忧伤。
惜别告慰康肌体,归去牵肠梦问祥。
伏枥沧桑人壮志,艰辛大笑百年享。

2018年9月19日

月圆缺

天干地支又仲秋,
故乡望月圆。
一种思念悠然生,
多少遗憾照人寰。
叹别离,
情遥远,
几家能圆满。
父母凝神银白发,
孝子情怀挂万千。

无心赏静月,
有心问失眠。
悲欢离合在人间。
灯火阑珊处,
阴晴圆缺,
只能共婵娟。

2018 年 9 月 24 日

秃岭吟

密林秃岭入云端,远眺层峦境界仙。
盘路风光叠翠叶,登临栈道叹回旋。
桦松依恋含君意,草地牧牛莫等闲。
景色迷人无忘返,旭日吞雾碧空蓝。

2018 年 9 月 28 日

干饭盆①

人言景观温馨尽情欢，

我说山前恐怖难越翻。

干饭盆，

方圆百里，

森林遮盖无人烟。

大盆中盆套小盆，

环环相套难回返。

迷魂阵，

星月对悬。

瘴气藏，

猛兽丛林间。

指南针，

失灵难指南。

井底望天，

苍穹有眼，

十人齐进一人还。

莫道人杰地灵，

自然奇迹，

长叹生谜团。

2018年9月29日

注：①长白山原始森林中，有一处叫"干饭盆"的盆地，奇迹奇观千年传说。如今虽然辟为旅游景区，但是游客只能望山兴叹！止步不前。

疑问白鸡腰子①

登峰造极，
乱石伫立，
妄说天体落地。
岂能飞来度白色，
棱角分明笑问疑。

幽谷溪水，
天女梳妆，
羞言瀑布儿戏。
百鸟灌木鸣静处，
虚虚实实莫探奇。

2018年9月30日

注：①通化市东南20公里处的景点，称白鸡腰子。主峰有一堆白石，妄称天空来客。虽然石之奇妙，但绝不是陨石。

再赞胡杨

胡杨，
金色畅想，
溶入秋的酷霜。
胡杨，
璀璨金黄，
汇映大漠夕阳。
胡杨，
梦幻时光，
挺立戈壁沧桑。
你虬劲炫舞，
千载回首眺望。
你星月伴随，
万年惊叹辉煌。
沧海桑园，
你环宇芬芳。
岁月峥嵘，
你坦诚豪放。
我爱你胡杨，
矗立新疆耀华夏，
苍穹万众齐颂仰。

2018年10月5日

税与法[1]

你不缺钱，
为什么？
不维护法律尊严。
你不差钱，
为什么？
丧失人格底线。
谁说初犯，
多次偷税，
尚有前车之鉴。
巧说杀鸡儆猴，
影视圈何以规范。
偷税魔鬼大鳄，
需要惩治贪婪嘴脸。
是谁病入膏肓，
需要猛药治顽。
是谁亵渎灵魂，
民众在愤然呐喊。
不要丢掉精神，
中华脊梁力挽狂澜。

注：[1] 崔永元正义举报，娱乐影视圈偷税漏税的腐败现象被揭穿，范冰冰补交税金和罚款 8.8 亿元，免于刑事责任。此事引发民众的广泛评议，致使影视大鳄们惶恐不安，纷纷补交税金和罚款。不仅如此，彻底整治娱乐影视圈违法犯罪的行为开始了。

不要放弃正义，

人民英雄托起蔚蓝。

2018 年 10 月 9 日

轮椅书记①

田间地头，
村里庄外，
轮椅辗转春秋。
躯瘫夙愿坚挺立，
五谷登科喜悦收。

百户千口，
民意牵肠，
殷勤理政携手。
困苦忧愁问支书，
晨曦拨雾霞映洲。

2018 年 10 月 13 日

注：①张运波，德惠市朝阳乡团林子村党支部书记、村委会主任。十年前，一次意外的车祸致使他高位截瘫。他身瘫志坚，百折不屈，带领村民致富，成立了"江水人家米业公司"。该公司以党员合作的形式帮民扶贫、修路、改造农田，使2000多人的大村改变了面貌成为小康村。

西域随感

蔚蓝高爽靓新疆,
大漠度金梦畅想。
浩瀚无垠抬望远,
呼啸沙暴泪揉伤。
驼铃摇曳寻迷路,
戈壁胡杨挺四方。
莫道风光常叹醉,
踏遍西域荡衷肠。

2018年11月6日

失 落

一种失落，
不是春的勃发，
而是秋的赤裸。
一种失落，
不是夏的盎然，
而是冬的冷漠。
惆怅时刻，
扭曲平静的生活。
不要悔恨，
何必怜悯自我。
强劲似乎懦弱，
枯萎好像挺硕，
只有希望是殷红的血。
无奈不要叹息，
微笑与痛苦链锁，
自信才使无声的沉默。
风骨鄙视潇洒，
灵与肉砥砺拼搏。

2018 年 11 月 13 日

闪　烁

有人站着，
已经倒下。
有人倒下，
却仍然站着。
不是岁月难以琢磨，
而是胸怀决定自我。
平坦不一定走远，
荆棘泥泞更加开阔。
走自己的路，
自由伴随曲折。
步他人后尘，
漂浮或许沉没。
寓言与童话，
你爱的是天空云朵，
还是星光闪烁。

2018 年 11 月 15 日

无 题

平庸强劲妒芳菲,山岳江河万古垂。
天赐良机蜇困境,地缘炼狱唤惊雷。
曲直有术藏峡底,柔韧无痕战恶黑。
莫叹悲欢伤志短,夕阳霓彩落空飞。

2018 年 11 月 19 日

鹰

云天展翅翱苍穹,鸟瞰盘旋猎死生。
翻滚俯冲一闪电,腾空逾越九霄重。
巡回百里鸣山岳,起落千层炫岭峰。
敢与鲲鹏争志愿,惊雷骤雨贯长虹。

2018 年 11 月 21 日

兔

生性温柔卧草荒,唇齿外露耳高祥。
三窟狡兔藏形影,四腿蹬鹰战绩良。
绿色茂盛遮洞穴,雪白旷野迹留亡。
伤悲肆虐防无器,勇斗天敌弱胜强。

2018 年 11 月 22 日

玫 瑰

岁月唯一绕过了你，
你还是那样执着，
那样的青翠。
时光唯一迁就了你，
让你璀璨，
使人陶醉。
你仍然花前月下，
柔情似水。
你仍然山誓海盟，
绽放的玫瑰。

2018 年 11 月 25 日

冲 浪

浪托人，
人掀浪，
人在浪中浪。
弄潮儿，
捣海疆，
涛在浪尖上。
人生追逐莫回返，
驾驭浪头跨大洋。

2018 年 11 月 27 日

华为必胜[1]

一个标榜民主的国度，
却在任意践踏民权。
一个叫嚣文明的霸主，
却同绑匪一样残暴阴险。
守法无辜的女士，
是攀登名企的高管，
却被阴谋诬陷。
孟晚舟，
坚毅力，
华为挽手并肩。
任正非，
风雨骤，
中华协力向前。
别说是贸易战，
即使是硝烟弥漫，
枪林弹雨，
我们定会战胜顽敌。

2018 年 12 月 9 日

注：[1]近日华为集团公司副董事长、首席财务官孟晚舟，在温哥华转机时被加方以应美国要求为由而拘押。并将当事人戴上手铐、脚镣。无端地将孟晚舟作为重刑犯人对待，引发了中国人的义愤和抗议。

任正非[1]

一个时代的交响乐,
一个造就的华为帝国。
有人说你是弄潮儿,
有人说你是领军人,
你是智能世界的寄托。
没有人怀疑你,
红色基因传播。
没有人质疑你,
寒门草根闪烁。
你是军营中,
千锤百炼的钢铁。

注:[1]任正非,华为技术有限公司的创始人、总裁。1944年10月25日出生于贵州省镇宁县,祖籍浙江省浦江县。1963年就读于重庆建筑工程学院。1974年应征入伍,于基建工程兵驻辽宁承建辽阳化纤总厂,历任技术员、工程师、副所长(技术副团),1983年部队改制转业随家属安置深圳南油后勤服务基地。因洽谈生意使公司损失200万,导致夫妻离婚。1987年被单位开除后,集资2.1万元创建了华为技术有限公司,代理香港程控交换机业务。这是任正非人生的最低点,也是他后来成就事业的起点。目前华为公司的三大业务,其中运营业务和企业业务已经做到了世界第一,手机业务已名列世界第二。华为的业务已遍布世界170个国家和地区,而且华为100%的员工都是中国人。为了员工的利益,是世界企业500强唯一股票没有上市的公司。中国的私企假如都像任正非那样去经营,中国特色的社会主义制度将会进一步发展壮大。

你是国企培育的脊梁，
意志坚强的开拓者。
在困境中，
你奋力拼搏，
奠定了华为的基业。
有人说你顺应信息化，
有人说你是星星之火。
你站在智能的高端，
在暴风骤雨中奔波。
你信念民众客户，
你奉行压力与开拓。
辉煌时你蒸蒸日上，
崛起时你肩负重责。
你是屹立世界的私企，
你是公有制典范特色。
一个名贯全球的老板，
一个纳税400亿的大户，
却持有1%的股权自我。
你的意识是共同富裕，
你的理念是共产硕果。
你低调廉洁，
车站闹市你如同贫民，
出租公汽你是家常客。

你的座驾，
竟然是十万元的二手货。
谁能相信股票不上市，
是维护员工利益而协和。
谁能相信大兵武夫，
却高瞻远瞩科研思索。
你站在科技之巅，
被西方霸权恶作，
你背后强大的祖国，
是民众欢呼的楷模。

2018年12月17日

一种智慧叫空白

有一种距离叫尺寸,
有一种关系叫适度,
有一种智慧叫空白。
爱恨何日来,
情缘几时衰,
分寸适度君常在。
谁说那是含蓄,
切莫无知坦率,
不偏不倚正中下怀。
半明半暗,
蕴藏意境妙哉。
深浅思忖,
方知柔韧豪迈。

2018 年 12 月 24 日

边防——心中的丰碑

今天你离开，
脱了军装摘下军衔。
明天你走来，
着上警服缀钉盾牌。
边关仍然是你的身影，
国门仍然是你的情怀。
界江你还在瞭望，
边防线你青春永在。
打私兼重任，
缉毒站前排。
流汗流血又流泪，
边陲固防，
戍守奉献爱。

2018年12月28日

我为祖国抖战袍

岁月静好,
谁坚毅缔造。
流血牺牲,
共和国英豪。
国泰民安,
谁付出辛劳。
忆边关酷暑,
巡视海疆万里遥。
风雪呼啸,
战车轰鸣,
壮志挺且牢。
硝烟弥漫,
霓虹闪烁,
我为祖国抖战袍。

2018 年 12 月 30 日

季节反常①

江南大雪暴风寒，问冷北国恨暖天。
腊月骄阳人叹热，年关数九卸貂棉。
隆冬时令难识辨，春韵反常度日烦。
瞭望岭巅无素裹，当吟词赋唱谁篇。

2019 年 1 月 12 日

注：①今冬无雪，艳阳高照，腊七腊八气温竟然零上 2 度。季节反常人不舒，事无念。

情　感

情感是深藏永久的记忆，
铭刻历史是难忘的友谊。
春夏远望的思念，
秋冬缠绕在心底。
放弃如同云朵飘来，
牵挂又被风吹远离。
影子伴随着灵魂，
星空半夜往事陈迹。
短气长叹无可奈何，
自信是单相思的败笔。
辗转蹉跎岁月，
切莫藕断丝连哭泣。

2019 年 1 月 26 日

小年吟

谁言好事上苍天，几日返回百姓安。
期盼灶爷官父母，家国公正利民间。

2019 年 1 月 28 日

心　韵

置身旷野唱孤芳，闹市遮颜暗奋强。
常叹英雄潜泪涌，避开美女理红妆。
平庸矗立担千古，伟大虚无愤骂娘。
长路峰回迷去远，书房斗智任徜徉。

2019年2月1日

说　年

年味渐行渐远，
情感滞留未随。
皱纹伴年轮，
人生贺岁辞岁增辉。

光阴撵转夙愿，
修身百炼千锤。
切莫伤别离，
春意昂然心绪回归。

2019年2月9日

老颠狂

莫笑少年志颠狂,
垂老泪暗伤。
未曾峥嵘岁月锻筋骨,
何谓江山坐清享。
左赤手,
右空拳,
事业家庭两茫茫。
悲愤独立处,
笑傲心空旷,
不为儿女话短长。
畅游九州诗词著文章,
遍布环球脚印莫惆怅。
人生必死有一拼,
七十古稀血满腔。
精气壮魄力,
耄耋逐梦想,
得道时日寿无疆。

2019年2月13日

人格评说

信任是种使命，
肩负责任担当。
诺言是君子生命，
承载人格的力量。
无信难以交往，
无诺何能高尚。
信任如同钢牙铁齿，
咬住承诺不放。
诺言如同千古重托，
维护信任荣光。
失信是人格崩塌，
难以社会闯荡。
弃诺是人品变质，
背叛你的形象。
亲爱的朋友，
守信用守的是人格魅力，
重承诺重的是人品芬芳。

2019年2月15日

懒散的雪

雪花懒懒散散地飘洒,
极不情愿地落下。
是黑土地辜负了瑞雪,
还是雪抛弃东北的家。
是冬跑到了江南炫耀,
还是夏潜伏北国的侠。
有一种颠倒是阴阳,
有一种错落是冬夏。
素裹的冬被秋延续,
盎然的春被雪溶化。
我想拥有冬的景色,
却是残秋败落无涯。
我想有个冬的梦想,
却变成了春的童话。
2018 的冬,
是天庭错乱,
还是跳出的黑马。
2019 的春,
是冬的幻觉,
还是人类败坏了家。

2019 年 2 月 15 日

悼日强[①]

海南驾鹤太匆忙，惊叹挽留泣泪伤。
书画当年师举荐，塑雕今日密宫藏。
戎装辽锦图心志，解甲春城步正方。
本质人格群友赞，魂兮故里慰安详。

2019年3月5日

妇女节[②]

百年奇迹有遗篇，龙凤同翔舞恋欢。
二月头抬蜇唤醒，三八节日彩人仙。
巾帼柔立安天下，斗勇须眉业正憨。
千古释怀歌伟大，全尊母爱宇寰间。

2019年3月8日

注：①张日强，1976年12月入伍，原某炮某师司令部绘图员。复员后任吉林森工集团干部、科长、宣传部长等职。精通书法、绘画、雕塑、摄影，为人谦和低调，战友中口碑甚好。2019年3月2日突发心梗辞世。仅以此诗深表哀悼。②二月二龙抬头与三八妇女节同一天，喜庆偶作。

春　曲

春风几度还，垂柳笑开颜。
溪水奔江涌，冰化暖冬寒。
丝雨伴飞雪，艳阳翠绿田。
户外邀好友，醉饮莫问钱。
怀抱壮年志，何日光阴闲。

2019 年 3 月 25 日

桑榆重晚晴

懒散零碎度时光，无味燥烦悔自伤。
拂晓迷魂禅悟日，夕阳路短梦悠扬。
自律得意无甘苦，淡定抒怀义正方。
莫问鬓白哀叹气，古稀立志晚晴昂。

2019 年 3 月 18 日

暖气泣哭

大众为君呼,入冬暖气无。
金钱换浊水,迟缓点燃炉。
北风冻腊月,陋室穿棉服。
初春昼难寐,夜半醒冰屋。
乍暖还寒日,病榻冷贫窟。
热力供弹性,私营谋利图。
指民问生计,公益爱支出。

2019 年 3 月 28 日

英魂忠骨

我为英灵天路开,
异国他乡君归来。
援朝立半岛,
枪林弹雨,
洒血奠海外。
泣哽咽,
遗物伴遗骸,
祖国母亲泪涌海。
归来兮,
魂安在。
民族气节,
化作高山脉。
华夏文明屹东方,
祖国辉煌耀世界。
清明祭忠骨,
中华儿女共举哀。

2019年4月5日

注:2014年以来,6批599位在韩国的志愿军烈士的遗骸回到祖国的怀抱。这些英雄只有24位在遗物中留有姓名,其他都是无名英雄。退役军人事务部和《人民日报》,在2019年清明节发起寻找英雄亲人的活动,希望全社会助力英雄回家。愿英雄魂归故里,愿烈士精神永垂千古!

春 望

岁月竞风流，
人生莫言愁。
春潮心涌动，
萌芽卧地幽。
枝条吐青翠，
蓓蕾含羞头。
暖风呼新雨，
踌躇登高楼。
极目千万里，
思绪放任游。

2019 年 4 月 10 日

巴黎圣母院泣焚烧

我为圣母院泣焚烧，
八百年辉煌九重霄。
圣经神殿，
育人施教天公道。
美与丑，
善与恶，
雨果笔下最绝妙。
那是一座地标，
从巴黎环全球，
无人不知何处不晓。
那是哥特式代表，
西方建筑史，
高屋建瓴心缔造。
塞纳河畔涛涌泪，
钟楼哽咽鸣太空，
世界瑰宝惊叹亦长啸。

2019年4月16日

注：2019年4月15日傍晚，巴黎圣母院发生火灾，16日下午扑灭，世界文化遗产毁于一旦。

圣母院与圆明园

法国失火烧了圣母院，
全球为之痛惜泪涟。
列强纵火焚毁圆明园，
劫掠者狞笑，
被劫者哀叹！
一个是 800 年的辉煌，
天主神殿一座，
毁于一旦。
一个是 150 年的璀璨，
雕栏玉砌皇家林园。
焚烧三天三夜，
断壁残垣。
文明来自西方还是东方？
谁能够公平地裁判断言。
璀璨变废墟，
废墟变辉煌，
人类应共同承担。
呼唤历史文明，
圆明园世界遗产，
中华即日重建。

呐喊正义，

华夏瑰宝，

西方掠夺何时归还？

2019年4月19日

45年同学会

陈情往事会仙来，花甲古稀悦爽腮。
姊妹密闺说发小，同窗兄弟笑抒怀。
恩师重教德仁智，桃李业成舞正台。
相聚童心开庆典，前缘后世乐禅哉。

2019年4月24日

春烂漫

北春光耀满花园，百鸟飞鸣爽朗天。
红杏偷情墙外事，妍桃挚爱赏悠闲。
伤心悦目梨园泪，暗恋冷眼李树繁。
足踏芬芳回路远，山川烂漫莫思还。

2019年4月25日

海军七十华诞

挺进深蓝，
重回头，
七十华诞。
战必胜，
东洋南海，
阴云弥漫。
钓岛管控驱豺狼，
四沙风浪建空前。
捍正义，
利剑斩顽凶，
域平安。

反争霸，
斗犹酣。
雪国耻，
卫主权。
驾航母，
横渡舰艇万千。
收台湾成大统，
七洲四洋畅宇寰。
誓信仰，
多极联世界，
勇承担。

2019年4月23日

人老莫癫狂

人老莫癫狂
信誓旦旦唯梦想。
儿女慎说事,
好友话语长。
回顾当年金戈马,
一生难脱军戎装。
秉性直,
气质爽。
独立江湖报不平,
甘为正义喷血浆。
君子坦率,
胸怀豪言壮。
小人龌龊,
行为难担当。
谁说世态炎凉,
艰难挺立铮铁骨,
化作烟云图奋强。

2019年4月29日

五一颂

贫穷富贵几裁决,资本盘剥大众歌。
奋斗益权天怒吼,谋求解放五一节。
百年岁月今怀古,千载时光重寄托。
马列斯毛无产者,灵魂照耀勇争夺。

2019年5月1日

五四百年

精神百岁永恒中,回顾当年浴火生。
封建焚烧民主日,抗争勇斗列强横。
追随前辈寻足迹,培育新人踏万程。
大业腾飞习教导,壮青锐志奋巅峰。

2019年5月4日

国胜同学

九曲柳河觅硕丰,沧桑岁月打拼赢。
梨花桃艳迎宾客,国胜英杰未老情。

2019年5月10日

作群女儿婚庆

宾客万千聚贵荣,霓虹彩带影情萌。
盛装婚庆红如火,世代子孙耀锦程。

2019 年 5 月 10 日

寄语母亲

牵挂眷顾慈母泪,
远虑近忧思绪焦。
莫道天涯咫尺,
彻夜辗转天欲晓。
享受荣华富贵,
怜悯穷困潦倒,
有妈娘呼叫。
月朦胧,
雨纷嚣。
落花流水,
母子心缠绕。

2019 年 5 月 12 日

人情锤炼

人情锤炼追思望，
缘与谁碰撞。
终日锁眉多沉默，
浮云残月何时心点亮。

高朋挚友仍然在，
冷暖变无常。
碾碎庸俗笑尘世，
傲骨儒雅交织正能量。

2019 年 5 月 15 日

七十年国庆

百余载家国恨，
七十年壮河山。
矗立世界耀华夏，
誉满全球寰宇间，
云霄九重天。

脚踏地带延路，
剑指横行霸权。
引领多极五洲畅，
合作共赢众欢颜，
崛起永向前。

2019 年 5 月 18 日

孟夏吟

伤感春归去，花飘孟夏来。
君别游何处，林茂隐俊才。
暖风犹未爽，热雨洒心怀。
农夫盼苗壮，良田金籽开。
莫愁度酷暑，北国聚豪迈。

2019 年 5 月 21 日

寄语儿童节

一种呵护叫祖国的花朵，
一种企盼是子孙的衔接。
时代在风雨中闪亮，
幼小的心灵，
多彩手机诱惑网络。
香九龄能温席，
融四岁能让梨。
传统经典已失落。
幻想明星大款，
奢侈追逐生活。
祖辈当保姆，
老幼角色变换，
社会与家庭谁承载重责。
历史呼唤下一代，
培育要从娃娃诉说。
温馨的摇篮，
红色基因挺硕。
今天的童话理想，
明天就是强大的祖国。

2019年6月1日

端午端想

本性刚毅恨世俗,
不自量,
坠迷茫。
路遥坎坷,
何必怨天伤。
纵然三头挥六臂,
君求助,
人情凉。

孤独碰撞几奋强,
夜深处,
梦圆芳。
劫难回首,
志短重开光。
浅滩任由狂犬吠,
莫等闲,
好运翔。

2019 年 6 月 7 日

村情吟

老汉悠闲立房头,
甘愿深山呼清流。
绿野涌波浪,
田间盼丰收。
梦幻儿孙几团圆,
打工牵挂莫言愁。
棒撵鹅,
哄鸭群,
溪水草丛捡蛋牛。
谁说寂寞,
夜半鸡叫,
妪翁对话常骂狗。

2019 年 6 月 25 日

人物素描

无常反复几担责,事态变更利奋夺。
唾骂人渣如狗屎,笑谈虚伪骗诚多。
面慈心狠征天地,庄重善行问洒脱。
嘴脸垂涎千尺厚,贪婪堕落鬼着魔。

2019 年 7 月 2 日

香港，香港

香港，香港，
百年殖民耻辱创伤。
一国两制，
路慢慢远兮情意长。
妖魔暗设陷阱，
阴魂不散兴风作浪。

香港，香港，
军警屹立威武雄壮。
五星红旗鲜艳，
国徽悬挂四射光芒。
蔑视霸权横行，
回击西方图谋不良。

香港，香港，
东方明珠璀璨闪亮。
祖国坚强后盾，
任凭敌对觊觎妄想。
谁胆敢侵犯，
注定失败葬身汪洋。

2019 年 7 月 28 日

八一断想

男儿立志屹昆仑，大地神州勇献身。
国难当头不怕死，灵魂慰藉永长存。

2019年8月1日

盛夏吟

雾绕山朦胧，峰恋炫峥嵘。
盛夏耐酷暑，梅雨几彩虹。
暖风燥闷热，骄阳火蒸笼。
莫言子夜爽，三伏叹息空。
迷恋树硕果，企盼秋立终。

2019年8月5日

君与汝

仰天长叹低头空,
万般无奈锁愁容。
人生坎坷几秋色,
君沉默,
泪眼洗朦胧。

莫测时光纵横短,
额顶残雪伏峥嵘。
战胜自我谁携手,
汝奋起,
书海畅游中。

2019 年 8 月 14 日

慰灵吟

润雨泣中元,阴阳两重天。
祭祀告慰老,山凹几缕烟。
地府孤寂寞,人间情意绵。
子夜魂托梦,跪拜香火燃。
世俗垂千古,华夏祖孙传。

2019 年 8 月 15 日

云天赋

飘然来,
悠闲而去,
苍穹为你眷顾。
蔚蓝密布遮天地,
雨雪寒暑适度。
晴万里,
碧空尽,
几朵翡翠含情愫。
嫉妒莫言,
夕阳火烧酷。
谁悟仙境,
人生多梦路。

星月中,
流云巡查夜幕,
失眠岂止凄苦。
感慨阴影罩心灵,
寰宇是否开目。
望晨曦,
升腾雾,
群山隐蔽岚慢舞。
思绪祥瑞,
霞光仍飞渡。

断想无垠，
何恨误歧途。

2019年9月2日

怀念毛主席

天在泣，
伟人仙逝远离兮。
地在泣，
江河呜咽群山立。
人民肃穆，
乾坤思想众追忆。
谁说领袖已远离，
他仍然唤醒正义。
谁说世界已变异，
他仍然为民擎旗。
谁说导师已沉寂，
他仍然指航不失迷。
有了您的思想，
中国特色，
公有制为主体。

有了您的理论，
贫富差距，
均衡不是问题。
有了您的教诲，
贪婪腐败，
将会铲除根基。
有了您的光辉，
司法公正，
谁敢徇私舞弊。
有了您的伟大，
人民军队，
陆海空英勇无敌。
有了您的慈爱，
民众医疗，
谁敢榨取利益。
有了您的形象，
为人师表，
谁敢误人子弟。
……
啊！人民缅怀您，
九州方圆，
崛起的神州大地。

2019年9月9日

仲秋吟

人生一壶酒，爱恨杯中流。
当空望明月，欢聚笃乡愁。
问君成与败，笑谈醉挽秋。
孤独不寂寞，苍穹梦里游。

2019 年 9 月 13 日

九一八

勿忘国耻，民族瞩望。
七尺男儿，气宇高昂。
捍卫主权，守土固疆。
谁敢侵犯，葬身汪洋。
铭记历史，中华奋强。

2019 年 9 月 18 日

秋之望

仲秋枫叶映云霞，天地交融色彩佳。
遥望风光心灿烂，碧蓝气爽伴游涯。

2019 年 9 月 25 日

七十华诞

中华共和，
一穷二白，
雄狮挺立。
援朝抗美，
大众齐奋，
震惊列强泣。
突飞猛进，
两弹卫星，
社会主义奠基。
问领袖，
人民万岁，
响彻九霄心里。

改革弊端，
开放门户，
生活日新月异。
走向市场，
融入世界，
鼎足高科技。

嫦娥勘月，
蛟龙航母，
经贸环球多极。
强国梦，
钢铁长城，
和平崛起。

2019年10月1日

九九重阳

光阴永恒人易老，
花甲重阳。
古稀重阳，
忆往无悔当自量。

草木知秋叹鬓衰，
何为青壮。
心态青壮，
枫叶酷霜志高扬。

2019年10月7日

《医路如歌》赞[1]

登台医大史悠长,院庆家国两沁香。
自导点燃身内事,众生绽放唱辉煌。
主题话剧珍珠戏,歌舞小生挺栋梁。
天使员工共夙愿,霓虹璀璨正能量。

2019 年 10 月 16 日

夫妻同林鸟

夫妻本是密林鸟,雀跃枝头筑爱巢。
孵化雏鹰呵护卵,鲲鹏育养望云霄。
比翼壮志齐心力,骤雨狂风展翅娇。
鸣叫自由天地鉴,终生结伴乐逍遥。

2019 年 10 月 25 日

注:[1]观看吉大一院(吉林大学第一医院),院庆国庆七十周年歌舞话剧《医路如歌》感悟颇深。这是一部以国际共产主义战士白求恩精神为主题,以本院充满正能量的真实故事为基础,通过话剧、歌舞、诗歌朗诵等多种艺术形式,较好地展现了吉大一院救死扶伤、发扬人道主义精神的风采。其可贵之处在于他们上至院领导、医生护士,下至员工保安,都是自编自导自演剧目的主人公。朴实无华,真实动人的事迹,反映了时代精神与呼声。

婚礼有邀

人间喜乐忧,
儿女大婚愁。
殿堂喜结良缘,
如梦似幻求。
思绪飞翔天外,
情感波涛浪涌,
家族添新口。
额边笑眉角,
夙愿喜心头。
盼龙孙,
夜难寐,
梦叠久。
生命不歇,
晨曦普照爽抖擞。
今有奋斗荣光,
明朝松鹤延寿,
美好共携手。
欢笑醉花丛,
时代耀千秋。

2019 年 10 月 27 日

悼同学玉花

沉思岁月问年华，记忆犹新禚玉花。
别去匆忙惜挽泪，天堂冷暖伴云霞。

2019 年 11 月 2 日

人情之叹

人情困惑叹无泪，玩世交融恋是非。
莫问伤心藏后悔，诉说喜悦利熏黑。
仁慈凶恶君言重，彪悍懦弱义奋飞。
沉淀往昔今探路，难脱俗气唤惊雷。

2019 年 11 月 8 日

夕阳莫言红

夕阳莫言红,
彩云挽留空。
花甲古稀堪忧,
哀乐喜怒中。
难离幼孙缠身,
无奈常病短叹,
劳心脑力聪。
晚节若不保,
何以得寿终。
人情薄,
是非厚,
血缘浓。
光明磊落,
坦诚困惑望葱茏。
登高环顾沉沦,
沟壑呼雨唤风,
峭壁屹英雄。
静默须抬头,
垂老别俗庸。

2019年11月18日

望 雪

天欲灭君散酷霜，枯萎万物葬身亡。
若想苏醒回神力，涌动春潮入梦乡。

2019年11月22日

时光流失

时间不是流失，
而是在践行。
人生不是过场，
是奋斗争鸣。
漂泊的过去，
沉默苏醒。
憧憬的未来，
万种风情。
我的童话，
隐藏于乡愁，
水墨丹青。
我的梦，
苍穹舞飞花，
冰雪晶莹。

2019年11月28日

悼卫国战友

惊诧卫国辞世哀,
痛心泪涌腮。
悔恨未曾挽留,
匆忙英灵开。
想当年,
戍边关,
志壮哉。
文笔隽秀,
义正坦诚,
君去再来!

2019年12月2日

注:杨卫国,1963年出生,1979年11月入伍,历任通化边防支队战士、干事,吉林边防总队秘书、处长,通化边防支队副支队长,青石边境检查站站长,吉林边防总队司令部办公室主任,教导大队政委,上校军衔。2010年3月退休,2019年12月1日突发心脏病辞世。杨卫国为人坦诚厚道,正义感强,精通文秘,敢于同不良现象做斗争,工作中业绩突出,将青春年华奉献给了边防事业。

莫伤怀

迷离悲愤莫伤怀，感悟故交叹未衰。
自我认知君必勇，他人苟且梦中来。
坦途厌世难回首，坎坷转机好运开。
笑对苍天随巨变，蛮横孤傲众拆台。

2019年12月8日

朦胧的远方

时光需要休息，
黑夜正在漫长。
偏僻的山村，
月色雪地上流淌。
门前的小路，
弯曲晶莹中跳荡。
茅屋与寒风砥砺，
人生何不沧桑。
温柔的梦境，
幼年与母亲的童话，
呼唤朦胧的远方。

2019年12月13日

问　雪

敢问暖冬玉帝闲，酷寒躲避北风残。
苍穹吝啬花飘落，旷野释怀裸露全。
人类多情伤地土，环球无意奈何言。
空天变幻飞银雪，莫错良知安爱缘。

2019 年 12 月 15 日

不要把遗憾带到终点

不要把遗憾带到终点，
回想往事泪眼无眠。
过去的难以复制，
流失的不再还原。
相见不要愧疚，
分手何必诺言。
生活鄙弃圆滑刻薄，
重情重义珍爱惜缘。
有罪的必须赎罪，
欠债的定要还钱。
这绝不是禅悟，
明天还要不失良机，
自信客观地面对眼前。

2019 年 12 月 19 日

傲骨虚怀

抬头仰视默柔和，低首卑微问气节。
傲骨空天权鄙弃，虚怀旷野道方得。
雪莹孤月独风采，冰映繁星夜梦娥。
坎坷人生多壮丽，圣贤磨难志如铁。

2019 年 12 月 23 日

访缅战略

大国博弈小国帮，政治地缘缅甸强。
战略石油通浚畅，中华欣慰美如狼。

2020 年 1 月 18 日

荡疫涌春潮

物种变异,

国人众心焦。

武汉源头,

围城圈地,

钟南山显英豪。

家国情怀立天下,

宝刀不老志昂高。

察瘟情,

挽狂澜,

一马当先骁。

医院如战场,

众志成城,

荡疫涌春潮。

2020 年 1 月 23 日

注:新型冠状病毒性肺炎于武汉突发,迅速向全国漫延。中国科学院院士84岁的钟南山立即奔赴武汉投入研究。随后全民动员防范,荡疫涌春潮,2020一个不平凡的春节。

中华射大雕

欲悲美狞笑，我愤贼喧嚣。
魔高咫尺短，道挺万仞霄。
细菌新型战，暗处仇敌嚎。
剑指洋彼岸，中华射大雕。
挫败横霸权，多极寰宇娇。

2020 年 2 月 5 日

注:：SARS 病毒引起的非典型肺炎和现在的新型冠状病毒感染相关联。中华民族齐动员，欣欣向荣，潮涌胜利的春天。

沉默中国

天降疫灾四海惊，围城封地九州情。
家家关闭门前客，户户畅想昼夜宁。
勇士匆匆驰武汉，白衣袅袅鄂争鸣。
信心互慰圆正月，国难平安寂静赢。

2020 年 2 月 7 日

龙抬头

望断苍穹盼抬头，贫寒草芥命堪忧。
斑斓世界人流水，你我虬龙壮志酬。

2020 年 2 月 24 日

闲情当问百年休

人过花甲，
七十古来稀，
耄耋莫言愁。
额顶残雪，
皱眉深隐痛，
家国患难忧。
岁月静好，
瞑目圆梦，
统台几度秋？
谁说老朽怕绝症，
风流故去江山游。
生死业未成，
君谋事，
天意酬；
独恋笔端，
晚节重回首。
物欲横流，
憎爱须分明，
闲情当问百年休。

2020 年 3 月 12 日

初春吟

雪溶冰化水浮鸭,风度春俏沐晚霞。
湿地江河归北雁,骚人傲骨落天涯。

2020 年 3 月 20 日

春之来

春!你姗姗来迟,
为什么?
还要拥抱雪的情怀。
春!你匆忙而去,
为什么?
还与百卉争妍逗爱。
当幼芽在蛹动,
当蓓蕾含苞待放,
当寒消醉暖阳,
你悄然而至呵护未来。

2020 年 3 月 23 日

俊健兄印象①

秦皇山海耀天关，眺望碣石笔奋前。
汉隶荣光今岁月，画屏奇特慰心甜。
字行通透灵传古，水墨惊魂耀万年。
莫为钱财交挚友，堪称高手潜民间。

2020 年 3 月 24 日

卓文涉小传②

涉文行伍智双全，足踏界江成守关。
行楷流云人叹赞，墨草笔立贯金篇。
竖幅高挂天悬地，横匾东西耀北南。
赠友馈朋舍字宝，盛名泳翰话国宣。

2020 年 3 月 29 日

注：①刘俊健，秦皇岛市开发区美术家协会会员，其书画作品多次展出并获奖。刘老师为人谦和率直，不图名，不逐利，经常馈赠书画交友，甘愿潜心研究提高艺术水平，可谓是民间艺术家。②卓文涉，字泳翰，斋号阡陌斋。边防正团职退休干部，现为吉林省书协会员，长春市书协会员，关东兰亭书画会会员，吉林省工商联同明书画院理事，吉林省艺海书画院长春分院副院长。

作品曾在总政宣传局、中国书协主办的改革开放 40 周年全军书法展入选，"将军杯"全国书画大奖赛获"军人组入选"奖，全国公安边防部队"卫士之光"书法比赛获优秀奖，吉林省书协主办的改革开放三十周年暨香港回归十周年书法大展入选，纪念抗战胜利七十周年吉林省书法作品大展入选，长春市庆祝建国七十周年书法大展入选，延边州书协成立十周年书法篆刻展入选。

悼寿安同学

疑问寿安君行早,
春雨泪潇潇。
谁说人生短暂,
禅悟灵云霄。
忆童年,
说同窗,
梦中聊。
感慨万千,
魂归大海,
潮涌浪涛。

2020 年 3 月 30 日

注：于寿安，1956 年出生，中专毕业，白山市湾沟镇兽医站兽医。退休后爱好旅游、摄影、诗歌写作。2020 年 3 月 29 日 18 时，因头部血管肿瘤恶化去逝。生前遗嘱将骨灰撒入大海。

附：于寿安遗书原文

我亲爱的同学们：当你们看到这条信息，我已不在人世了。我患的头皮血管性恶性肿瘤晚期已到肝转移和肺转移，已是回天乏术了。在我有病期间特别要感谢老大哥甲平同学，那真是关心备至……我还要十分感谢很多同学对我的关心问候鼓励和祝福！我好感动！今生缘遇这么好的同学，我知足了，死而无憾！生死是不可抗拒的规律；死亡也意为着重生。我带哭声来到这个世界；我也会含笑离开这个世界。但我唯一舍不得是咱们的同学情！佛祖告诉我们人是有来生；而我从经历的事情考证，我相信有来生的。"愿"来世我们还做同学！同学们要好好珍惜现在的生活。最后衷心祝福：各位同学们快乐幸福健康长寿！来世再见!!!（这条微信是我委托我女儿于泽琦发的)

清之明

君借清明问雨丝，天堂大地两相知。
孤灯跪拜思遥远，肃穆感恩降半旗。
烈士捐躯碑奋勇，故亲情厚念别离。
春回泪洒追灵祭，万众踏青战疫奇。

2020 年 4 月 4 日

军衡印象①

军衡才溢满春秋，坚守石城望九州。
绘色绘声灵透骨，画中画外义情酬。
虫心蛹动飞天鸟，草木峥嵘卉映优。
涂彩斗鸡君最爱，传神人物誉名流。

2020 年 4 月 10 日

注：①娄军衡，1958 年生于湖南。1964 年随父母定居磐石。号竹云，碧竹轩斋主。1988 年 7 月毕业于中国书画函授大学。吉林省磐石市医院门诊科医生。中华慈善总会华夏大爱基金爱心大使，吉林省美术家协会会员，吉林市花鸟协会理事，磐石市美术家协会理事，磐石市政协书画社理事，磐石市老年书画协会理事。自幼酷爱绘画，1981 年 10 月，师从著名画家薛贵良先生，为入室弟子。擅长大写意泼墨花鸟画，兼能山水、人物。追求纵情涂抹，显露怒张之风格。
曾多次参加磐石市政协、磐石市文联等单位组织的各种书法美术展览。如作品《万花一品》在国家卫生部举办的"庆祝中华人民共和国成立五十周年书画大赛"中获得银奖。《紫墨存金》《仙绘发琼英，涓涓不染尘》被市文学艺术界联合会编入画册。2013 年 8 月参加中国书画艺术家协会中国艺术品评估委员会举办的大型书画展并入展。磐石市举办建党九十周年画展中作品《国色天香》荣获一等奖，曾多次参加省市级举办的各种书画慈善捐赠活动。积极参加磐石市文联组织的文化下基层活动。2016 年初受邀参加腾讯视频真人秀《心路》节目的录制，与著名影星吴镇宇、朱丹进行了现场互动。

百岁贺词

耄耋百岁鹤鸣天,苍翠笑谈战火间。
抗日挺身杀倭寇,蒋亡华夏九州圆。
援朝国立英雄谱,抗美凌云勇克顽。
浴血豪杰托炸药,怀揣壮士忆华年。

2020 年 4 月 12 日

注:宋兆田,原某炮兵某师政委,董存瑞生前教导员。1921 年 10 月 30 日出生,现年百岁高龄,北京门头沟区高堂镇马兰村人。1939 年入伍,参加过抗日战争、解放战争、抗美援朝。1981 年离休,沈阳军区司令部大连第一干休所。2009 年,88 岁,为炮兵某师战友之家题词:"感谢你们为炮兵某师传统传承发扬光大,祝炮兵某师战友之家越办越好!" 2019 年 5 月,怀着对英雄部队和老战友的深厚感情,为《军魂》董存瑞部队,炮兵某师战友回忆录写前言。

爱悠长

人老聊发须轻狂，
莫为琐碎耗时光。
左壮志，
右问祥，
生死两茫茫。
几十年担风雨，
成败方圆，
朝霞醉夕阳。
即使老态变龙钟，
卧榻伤痛，
纵然坎坷爱悠长。
人染病，
佛知否？
天意幽草芳。
晚晴何必敛钱财，
洒脱奉献固脊梁。

2020 年 4 月 22 日

水鸟吟

鸥鸟潜飞水荡舟,浪花四溅戏青流。
碧波翔踏悠闲日,涛涌羽毛慰自由。

2020 年 4 月 23 日

挽　联

悼念付振基主任

情相连　锦营炮团　良师政工如中天
义相投　沈城定居　益友本色众人赞

2020 年 4 月 27 日

悼念刘永河同学

思同学　情缭绕　挥之不去
念同窗　仁义在　生死别离

2020 年 4 月 29 日

桃花运

莫问莲荷清秀，
桃花映红神州。
才子探缘佳人觅，
靓丽难回首。
晨曦晚霞日沐浴。
春荡漾，
果实依旧。
君欣慰，
月朗乾坤爽，
仙翁祝高寿。

2020年5月9日

春夏之交

春天走了,
悄无声息,
梨花洁白含泪泣。
夏天来了,
悄然而至,
桃花泛红笑迎丽。
伤感别离情可缘,
人生几知己。
坎坷逆转谁智勇,
云散烟消伏玄机。
淡定未必远,
多虑出奇迹。
当问天意怜幽草,
勃发千万里。

2020 年 5 月 28 日

童年追忆

不曾记得母亲的怀抱，
忘记了娘的臂膀梦中摇。
迷茫的天空，
风筝断线云雾缭绕。
曾经有泪珠挂腮，
不曾有绽放的嬉笑。
追忆鸡雏围绕母爱，
童年那破碎的梦，
灵魂深处与思念拥抱。
只有母亲的乳汁，
循环于肌体，
挺立人生的骄傲。

2020年6月1日

垂柳吟

青丝飘逸为君娇,倒映涟漪月色妖。
堤岸微风吹更爽,英姿袅娜爱燃烧。

2020 年 6 月 15 日

端午壮志

端午龙舟挺大洋,屈原万古话忠良。
戎装甘为国捐志,域外御敌血染疆。

2020 年 6 月 25 日

注:借端午节纪念屈原之际,特吟此诗,以飨中印边境的将士们!

家的味道

逍遥仲夏茂林间，别墅晨曦兆瑞年。
青果挂枝心悦目，菜园喜获宴家餐。
鸟鸣飞跃人兴旺，鸾凤还巢福润天。
邀友畅谈怀古旧，书香溪畔育华篇。

2020 年 6 月 29 日

说　梦

人生一场梦，世事坚毅行。
有梦惊半夜，无梦酣黎明。
禅悟难得道，苍穹亮繁星。
昏睡别吒境，切莫授之柄。
君子若坦荡，何必论梦萦。

2020 年 7 月 3 日

反 击

霸如疯狗吠寰球,炫武疫情肆虐周。
鼎立苍穹惩恶棍,中华奋起共携手。

2020 年 7 月 16 日

睡美人

江堤河坝睡美人,蛟龙横卧义师仁。
三军伟岸擎壮志,国难挺身战未忍。

2020 年 7 月 22 日

花痴吟

君入仙境夏之妙,思绪万千忆美好。
花似人杰争逗艳,人如花海浪呼涛。
莫说富贵开几日,切忌凋零落魄飘。
枝朵笑迎天有命,绿红百态映云霄。

2020 年 7 月 23 日

德海弟勉之

生来无悔探寻中，意志锤炼笔墨功。
正楷众服品技艺，欧体今古赞遗同。
书法境界君夺魁，国粹升华子炫虹。
潜力攻心成壮举，征程敢问字称雄。

2020 年 7 月 26 日

溪水吟

腊月溪流暖雪寒，蒸腾酷暑度伏天。
莫说冷热调冬夏，魔鬼人生悟壮年。

2020 年 8 月 4 日

立秋吟

隐退酷暑傍晚凉，清晨爽朗意飞扬。
碧空云朵星光烁，旷野青翠果溢香。
风舞乾坤心悦目，气吞霄汉志高昂。
灵犀陶醉诗经典，摄尽精华万古芳。

2020 年 8 月 12 日

故乡情

溪水击石伴奏琴,山林细雨乐温馨。
鸡鸭鹅狗鸣村落,老少爷们论故亲。

2020年8月20日

双节吟

日出迎国庆,月圆赏仲秋。
佳节双临至,民众欢神州。
硕果坠沃土,白云载空悠。
气爽人奋进,霜后情更酬。
江山红似火,载歌舞酣休。
平生莫遗憾,家国万事周。

2020年10月1日

双节联想

仲秋国庆臂环绕，枫叶彩旗汇映霄。
华夏难逢叠胜典，九州同乐众情高。
海疆何惧硝烟起，边境豺狼妄叫嚣。
巨浪东风统宝岛，雄狮腾舞跃龙蛟。

2020 年 10 月 1 日

秋怀秋

霜酷芳心恋花吟，岭巅枫叶火烧云。
人生四季难回首，秋硕年丰论古今。

2020 年 10 月 15 日

蒋公醒悟

享年耄耋,
停棺椁,
宝岛慈湖。
魂归兮,
盘旋溪口,
难离故土。
世纪羁绊几十载,
尸骨他乡泪溢无。
叫子孙,
夫人唤美龄,
空悲鸣。

想当年,
拒台独。
看今日,
难归路。
恨分裂,
大陆舰队横渡。
问道海峡硝烟起,
炎黄子孙踏统途。
助君力,
浪涛架彩桥,
国民呼!

2020 年 10 月 30 日

暮秋童话

把秋的落叶，
尽收眼底，
展现泥土的芬芳。
把秋的空旷，
慢步脚下，
迈向成功的远方。
把秋的凄凉，
纳入胸中，
释放枫叶的辉煌。
大雁南飞，
凝视春的联想。
霜的残酷，
柔韧将士的刚强。
暮秋的童话，
何必惆怅忧伤。

2020年11月7日

冰雪感悟

雨雪狂欢夜半寒，银光玉树耀山川。
斑斓冰塑君陶醉，莫道初冬梦幻间。

2020年11月20日

立国之战

半岛风云，
硝烟起，
美帝狂恶。
军志愿，
卫国保家，
骁勇浴血。
五大战役惩顽敌，
百万雄师震撼岳。
克汉城，
兵临三七线，
世惊愕。

中华耻，
由此雪。
民族恨，
瞬间灭。
上甘岭，
豪杰气壮巍峨。

注：为纪念抗美援朝七十周年，呼唤英烈。

铮铮铁骨挺脊梁，
千古功勋照日月。
赞魂归，
基因永承接，
固山河。

2020 年 11 月 17 日

嫦娥五号随想

寰宇有情，
谁逐月？
嫦娥梦托。
广寒宫，
玉兔伴君，
无聊寂寞。
阴晴圆缺切如此，
盼归人间星闪烁。
千古恨，
日行八万里，
难穿梭。

探苍穹,
勇思索。
华夏梦,
技强国。
腾空起,
往返婵娟洒脱。
九州欢呼民矗立,
航天超越今重塑。
制高点,
困惑永登攀,
鸟瞰阔。

2020年12月2日

对鸟吟

鸟悦丛林半空悬，觅食跳跃叫声甜。
莫说等类翔奔放，长叹人间暗斗酣。

2020年12月15日

冬至感怀

昼短夜长梦亦香，星光月色雪茫茫。
睡前莫忘晨早起，旭日升空落暖阳。

2020年12月21日

白鹤联想

巧摄珍禽水中游，人缘事态趣相投。
惊喜玉帝遣天使，疑问蒲州鹳雀楼。

2020年12月24日

汀岸吟

不见鱼鳄，

凝视禽戏水，

搅得湖光寒切。

浪花飞溅，

难得相聚摄阅。

回首去，

天涯孤旅，

命运欢歌。

2020年12月25日

拜友寄语

退离切忌叹无声，拜友亲朋驾驭情。
呼唤经年底气壮，奔腾岁月落日宁。
春光怒放卿心静，秋色平分共赏赢。
品味江山游四海，空谈误事慎言行。

2020年12月29日

元旦随想

岁月有情似无情,迎新辞旧瑞祥程。
忧思莫虑梅含雪,傲骨溢香紫气升。

2021年1月1日

追忆周总理

今天是你的忌日,
你离开四十五载,
人民难以忘记。
当年噩耗传来,
黎明还在夜空奔曦。
亿万民众痛哭,
九州方圆肃穆静谧。
岁月忆往峥嵘,
天津南开,
你誓言中华崛起。
赴法留学,
你信仰共产坚毅。
黄埔军校,
你传播真理,
壮大党的根基。

你打响第一枪，
反击蒋介石，
领导南昌起义。
长征路上，
你拥戴毛泽东，
红军走向胜利。
西安事变，
你顾大局识大体。
国共合作，
你深入虎穴，
指问"相煎何急"。
三大战役，
民主共和，
你日理万机。
抗美援朝，
你动员中华国力。
万隆会议，
和平共处原则，
世界向你聚集。
九百六十万，
国泰民安，
你铭刻历史足迹。

为中华奋斗，
你鞠躬尽瘁，
积劳成疾。
你的光辉，
联合国为之降旗。
你魅力的人格，
寰宇为之动容敬意。
苍穹中，
你气质贯宇，
震撼国之交谊。
你思维敏锐，
高尚的品德，
世界无人堪比。
历史长河，
三千年穿越；
尊称周公，
荣耀华夏大地。
五千年文明，
你名震时空，
在圣人之巅屹立。

2021年1月8日

长津湖

北风恶,
酷寒昼夜塑冰雪。
塑冰雪,
霜润面颊,
魂灵雕刻。

生死无畏惊敌愕,
将士冲锋震山岳。
震山岳,
枪炮轰鸣,
英豪惨烈。

2021年1月14日

注:抗美援朝第二次战役有感。

汉江血

赴朝英勇克敌国,奇正连捷势必夺。
汉将汉江喋汉血,汉城汉土汉清濯。
守攻对阵谋韬略,强弱穿插战术活。
炮火涅槃杀惨烈,雄师威震撼妖魔。

2021 年 1 月 16 日

上甘岭

上甘岭上血殷红,将士奋夺万世功。
生死释怀生勇越,战和意志战峥嵘。
枪林弹雨声声脆,炮火硝烟处处轰。
焦土军魂国挺立,讴歌英烈贯长虹。

2021 年 1 月 25 日

注:抗美援朝第三、第四战役有感。

彭大将军

一座丰碑,
屹峰岭,
星光璀璨功勋。
百战神勇,
仰望处,
唯我彭大将军。
平江起义,
围剿破阵,
陕北奠基因。
国难危亡,
灭寇史载古今。

奋起援朝抗美,
凛然列强敌,
奇正穿插,
阵地运动,
韬略间,
五大战役决赢。
风骨刚毅,
国威震半岛,
矗立巨人。
惊叹东亚,
雄狮晨曦唤醒。

2021 年 1 月 27 日

游子吟

牛年好运溢乡愁,霓彩悬空望泪流。
灯耀火红归似箭,岁寒醉梦叹回首。
村怀故里萦思变,市井喧嚣意拱手。
游子古稀留栖处,心扉牵挂落根忧。

2021年2月9日

牛年说牛

牛年说牛牛更牛,
耿直秉憨厚。
斗气冲乾坤,
耕地拓荒,
千古担忧愁。

风雨寒暑砥砺秋,
劳驾甘俯首。
肝胆照日月,
忍辱负重,
盛世赞绝口。

2021年2月12日

加勒万河谷

边关晓月凝视空，
家国情怀胸。
雪域山高冽河谷，
将智士勇戍守坚毅中。

斗转星移军魂在，
征战惩顽凶。
丰碑耸立屹昆仑，
血染疆土华夏贯长虹。

2021年2月21日

注：2020年6月15日，中印边境加勒万河谷地域，印军600余人闯入我方实控线挑衅，并殴打我边防官兵。随后，在我增援队伍70余人手持木棒的驱离下，印军丢盔卸甲，夺路逃回。

龙凤吟

二月抬头绚彩虹，乾龙坤凤舞东风。
时来鸿运天经义，寰宇阴阳万物生。

2021 年 3 月 14 日

解读

人生甘苦，
只有自己解读。
不然刚毅，
何须藏匿心腹。
当命运邂逅不公，
聪慧必定阅历险阻。
没有人相信眼泪，
凡事要呼风唤雨。
君子未必妒忌，
坎坷就是高速坦途。

2021 年 3 月 20 日

念奴娇·"党诞"百年

开天辟地,
人独秀,
大钊共产擎旗。
列强军阀,
国之殇,
觉醒呼唤民意。
一大启航,
南昌井冈,
枪杆捍正义。
山河破碎,
红军征程万里。

驱倭浴血灭寇,
三战统中华,
抗美挺立。
崛起复兴,
毛泽东,
光耀神州社稷。

革弊开放,
多极筑环球,
斗转星移。
百年初心,
千载难逢良机。

    2021 年 4 月 1 日

春　潮

百卉妒芳艳丽娇,春潮涌动惹花草。
谁言红杏出墙外,情感伤怀几度宵。

    2021 年 4 月 22 日

家国情怀

家国情怀几度秋,

祖国统一,

月满神州。

豺狼勾结犯中华!

迎头痛击。

冲破岛链游大洋,

钓岛西沙,

谁敢动手。

千载大业除国恨,

百年夙愿,

今朝志酬。

2021 年 5 月 1 日

悼成忠良政委

惊问成公春远游，

威严尚存，

耿直昂首。

当年戎马思敏捷，

笑骂坦然，

情意悠久。

魄力震慑屹方阵，

刚毅挺拔，

果敢出手。

音容萦绕永载留，

怀念至尊，

敬挽千秋。

2021年5月13日

注：成忠良，原某炮兵团政委。2021年5月2日13时，在锦州溘然长逝，享年78岁。

心灵之窗

人性必须考量,
善恶难辨任徜徉。
虽然阳光明媚,
雾罩云天迷茫。
相信高山峻岭,
难忘沟壑暗藏。
假如轻信识别玄机,
坦诚就不会彷徨。
微笑与眼泪,
何必陶醉心伤。
现象与本质,
如何鉴赏荒唐。
不要盲目无知,
明智是个性的门窗。

2021年5月20日

袁隆平千古[1]

惊闻袁父永别离,国痛民哀泣惋惜。
稻谷良田丰盛产,千家万户祭奠基。

2021 年 5 月 22 日

童　梦

童心泯灭梦花丛,旷野蓝天任纵横。
掏雀爬梯揭片瓦,下河戏水撵鸭腾。
村头戴月听神话,山寨披星望远峰。
复课劝学红润色,少年强健踏征程。

2021 年 6 月 1 日

注：[1]袁隆平，中国工程院院士，世界杂交水稻之父，共和国勋章获得者。于2021年5月22日13时07分逝世，享年91岁。

一号战令

波涛汹涌东南望,
盼统一,
中华强。
航母导弹已列装,
剑指豺狼,
胆敢挑衅,
台独莫狂妄。
冷静重拳灭豺狼,
誓为祖国喷血浆。
奋身捐躯决胜处,
宝岛回归,
虽死犹生,
崛起勇担当。

2021 年 6 月 9 日

家　园

楼耸霓虹耀万家，院宅树木卧翁侠。
鸟鸣催梦方知醒，一缕晨曦闹市华。

2021 年 7 月 8 日

八一誓志

是谁在切割，
中华骨肉。
是霸权，
是仇寇。
坚守西南，
统一台湾，
灭豺狼走狗。

2021 年 8 月 1 日

七夕随想

忽感初秋爽透凉，酷暑无奈夜渐长。
广场酣舞黄昏恋，月下鹊桥醉梦乡。

2021 年 7 月 14 日

垂老吟

人生垂老莫忧愁，失落夕阳踏九州。
春赋百花抒傲骨，秋吟硕果意方酬。
笑迎世俗容如水，远拒声名正义求。
坎坷坦然节为上，三观难免不同流。

2021 年 8 月 23 日

边陲伤怀

燕南飞，
檐下空巢问谁？
无炊村野禽兽叫，
蜘侠网窗悲。
大地荒芜叹气，
疆土生机落辉。
企盼新政盎然至，
君归筑边陲。

2021 年 9 月 1 日

注：东北边疆村屯十室九空，要想留住居民，必须出台综合性政策法规，方能挽回以前支边时的人丁兴旺。

题王越摄伊春石林

石林绝妙唯滇中,谁料伊春略不同。
游历北国君莫忘,怪异奇特耸云空。

2021年9月25日

莫惆怅

强势人易狂,
落魄傲秋霜。
生来富贵莫自负,
沉于谷底不慌张。
风骨气节贵,
目空会自伤。
拿起放下看格局,
自我定律莫惆怅。

2021年9月28日

秋　望

绝尽秋风叶落空，霜寒问斩草枯荣。
山林禽兽寻巢穴，虫豸蛰伏避冷冬。
松挺高洁昂屹立，梅藏傲骨雪埋红。
凄凉满目人怀旧，命运沧桑变幻聪。

2021 年 10 月 16 日

病榻吟

一

冷对顽疾斗正酣，吟诗绘史度残年。
老妻昼夜相陪伴，孝子拜求问治难。
久病奈何思故土，精医康泰泪伤寒。
茂林别墅孤唉叹！渴望远游水恋山。

二

岁月犹新往事遥，时光周转老亦娇。
经年莫论情何物，垂暮方知浪涌涛。
迷恋江山空立志，退离济世乐翁豪。
悲喜沉默藏坚毅，当为余生献厚薄。

2021 年 12 月

纪念伟人诞辰

虽逝犹生万古秋，宏图伟业世传留。
人民瞻望江山固，大众齐呼颂九州。
寰宇圣贤唯领袖，赤球华夏屹北斗。
统一告慰方圆日，崛起回头岁月酬。

2021 年 12 月 26 日

题吴越冬摄长白山

冬润天池映耀霞，轻纱峰罩嫁谁家？
女侠踏雪摄心志，敢为名山绣俏涯。

2021 年 12 月 29 日

怀念周总理

周公伟业颂今昔,敬仰圣德世第一。
华夏子孙千古拜,神州崛起忆总理。

2022 年 1 月 8 日

祥鸟绕宅

欢叫临门跳树梢,枝头摇曳福冲霄。
春来祥瑞春潮涌,夏闹园林夏绕巢。
秋爽院宅添色彩,冬登梅雪兆年宵。
人生如鸟高飞梦,情寄自然挚友邀。

2022 年 1 月 9 日

题吴月摄影获奖

弯月晚归挽夜宵，星空神话梦逍遥。
姮娥入镜惊天地，报刊分享众阅瞧。

2022 年 1 月 17 日

死　吻

浴血南疆战火飞，青春欲焚恋情归。
英姿天使怀中吻，溶入军魂万古垂。

2022 年 1 月 18 日

注：获奖战争照片《死吻》记述 1986 年 7 月 28 日，年仅 18 岁的甘肃兰州籍的战士赵维军，在老山对越战斗中不幸中弹负伤，临危的时候对护士张茹说："护士姐姐，谢谢你们……抢救了我好几天……我不行了，为国家死，我不后悔。就是……有点遗憾……听说没有爱情的人生……是不完美的……可我还没……恋爱过，你……能抱……抱我吗？"面对着赵维军人生最后的请求，张茹俯下身把他抱在怀里，亲吻他的脸颊和唇角，然后赵维军就合上双眼，面带微笑走了……（此解说来源于网络）

打油诗三首
说小年

一

上天言好事，下界保平安。
千年品其意，百姓谁知难。

二

灶爷归来去，假话述连篇。
庙堂佳音至，江湖邪恶瞒。

三

云上天空蓝，佳事频繁传。
若知百姓苦，神仙变平凡。

2022 年 1 月 25 日

注：北方腊月二十三过小年，南方腊月二十四过小年。俗话说："民辞三，官辞四"，就包含一种意义。

虎年说虎

长啸巅岭敢称雄，环顾四周霸业功。
傲视苍穹星月灿，卧威大地靖山丛。
灵机腾跃魂胆魄，冲刺纵横震撼风。
寅虎兆年酬壮志，猛然回首气吞虹。

2022年1月30日

惊蛰唤雷锋

岸边娇柳淡亦浓，残雪冰凌绽放中。
春梦惊蛰谁唤醒？冷风暖地话雷锋。

2022年3月5日

家杏盛开

细雨杏花粉透红，满枝招展慰春浓。
谁知潇洒飞天落，香沉草丛沃土中。

2022年4月22日